Helmut Eckl • Die Liebhaber meiner Geliebten

Helmut Eckl

Die Liebhaber meiner Geliebten

Satiren

Turmschreiber Verlag

Dieses Buch erschien mit Unterstützung des Freundeskreises
der Turmschreiber e.V.

Die in diesem Buch verwendete Schreibweise folgt der
mundartlichen Variante des Autors.

Übereinstimmungen mit lebenden
Personen sind rein zufällig.

Mein Dank für Rat und Tat:
Dr. Rainer Schöller
Dr. Sepp Mark

ISBN (13) 978-3-930156-99-3

Printed in Germany 2007

Inhalt

Die Liebhaber meiner Geliebten	9
Bloß ein Spiel	9
Der Anfang	11
Keine Zeit zum Schnaufen	17
Liebe	17
So gehts	19
Können Sie sich das vorstellen?	21
Wahnsinn	21
Liebesfalten	23
Die Frisösen	25
Unglaublich	29
Todesanzeige	31
Komisch	37
Gram	39
Interessen	39
Der Wunsch	41
Unmöglich	47
Abblitzt	49
Do schaust	53
Bayern ist BSE frei	53
Bin ich alt?	55
Unbeschreiblich	57
Bücher I	61
Bücher II	63
Der Störenfried	65
Vater	69
Ikea	71
Obacht	73
Angeln	75
Der Apache	79
Der Fremdenführer	83
Mein Freund Stocki	87
Gültet nicht	89

Die alten Damen	89
Wiesn – auf gar keinen Fall	95
Das linke Knie	97
Alte Männer füttern keine Enten	101
Katzen	103
Jammerland Deutschland	105
Keine Ahnung	109
So is	111
Versichert	111
Sitzungen	113
Vorbei	115
Norwegen	115
Tagebuchnotizen	117
Schweden	123
Carcans Plage	127
Italien - In den Marken	131
Nürnberg	133
Waidhaus	135
Der Nikolo	139
Sehnsucht	143
Immer zur Weihnachtszeit	147
Nicht meine Welt	153
Ein Dialog	155
So a Weihnachtsgschicht	155
Zoller Willies Weihnachtsgeschenk	159
Weltmeisterschaft	163

Die Liebhaber meiner Geliebten

Meine Geliebte hatte zwölf Liebhaber.
Ich bin der Dreizehnte.
Wir haben zusammen nachgezählt.
A bisserl spät bin ich als Dreizehnter schon dran.
Aber die Zwölf vor mir waren alle sehr nett.
Sie haben sie mir ganz zurückgelassen:
Alles dran! Traumhaft!
Ich werd amal nix zurücklassen.
Der vierzehnte Liebhaber wird sich eine Andere suchen müssen!
Ich hab mich geirrt.
Ich muss mir eine Andere suchen.

Bloß ein Spiel

An diesem Abend wollten wir spielen,
meine Freundin und ich.
Sie wollte mit einem berühmten Architekten ausgehen.
Ich wollte halbstündig eine SMS schicken.
Sie wollte antworten.
Ich schrieb: Besonders gut gehts mir fei net.
Sie schrieb: Ach geh!
Im Fernseher fiel beim Fußball gerade das Eins zu Null für den Gegner.
Eine halbe Stunde später schrieb ich: Ça va?
Antwort: Ça va!
Die nächste halbe Stunde dauerte stundenlang.
Ich fragte nach: Wie ist er?

Die Antwort Nett machte mich leicht rasend.
Was sollte ich in einer halben Stunde fragen?
Also: Wo seids?
Französisches Lokal, Rosenheimer Straße.
Fisch essen, Dorade.
An seiner Stelle wäre ich auch zuerst französisch essen gegangen. Der Herr Architekt kennt die Frauen.
Die nächste SMS schickte ich nach zehn Minuten.
Und was ist dann?
Sei halt nicht gar so neugierig!
Im Fernseher fiel das Zwei zu Null.
Ich fragte, wie steht es bei euch?
SMS-Antwort: Unentschieden.
Ich sagte SMS-mäßig nach einigen Minuten, dass ich das Spiel jetzt abpfeife.
Sie wollte unbedingt in die Verlängerung.

Ich SMS-te, dass ich das Spiel Scheiße finde.
Sie: Spielverderber!
Ich SMS-te nicht mehr: Rief sie an.
The number you have called is temporarily not available.
Im Fernseher fiel das Drei zu Null.
Ich rief bei ihr daheim an.
Ihre langen schlanken Finger langten nicht nach dem Telefonhörer.
Ich fuhr zu ihr.
Vor ihrer Haustüre standen fremde Schuhe.

Der Anfang

Er sagte am Telefon zu mir,
dass er mich gerne sprechen würde,
bald sollte es sein.

Er wollte ein Bier mit mir trinken,
vielleicht auch zwei.

Ich wollte eigentlich nicht,
aber ich musste,
er war mein Freund.

Er war mein Freund,
seit wir Fußball spielen konnten.

Ich durfte bei ihm die Latein-Schulaufgaben
abschreiben.

Ich durfte die Mädchen küssen,
die er nicht mehr küssen wollte.

Auf der Hütte lagen wir
neben unserer großen Jugendliebe auf dem
Matratzenlager.

Sie lag stocksteif in unserer Mitte
und hielt unsere stocksteifen Pinsel fest,
damit sie sich für keinen von uns beiden
entscheiden musste.

Sie ist vor einer Entscheidung zwischen ihm
und mir nach Australien geflüchtet.

Er kaufte sich ein Auto
und wir fuhren die Marktstraße auf und ab,
auf der Suche nach – ich weiß nicht mehr.

Ich war sein Trauzeuge.

Die Jahre stolperten durch das 20. Jahrhundert
und unsere Kinder kamen auf die Welt.

Die Kinder sind jetzt groß
und stolpern selber.

Er sah gut aus, wie immer.

Wir prosteten uns zu.

Zwei Herren in den endgültigen Jahren.

Grauhaarig, mit Lachfalten
und den anderen Falten des Lebens.

Sie hat einen Liebhaber,
sagte er.

Ich wusste es.

Seit wann, fragte ich,
und wusste es.

Schon länger!

Ich wusste, wie lange.

Willst du dich scheiden lassen?

Nein!

Da war ich froh.

Stumm schaute er in sein Bierglas.

Ich weiß nicht, wie es weiter geht.

Es geht immer weiter,
sagte ich und wusste nicht wie.

Vielleicht vergeht es ja wieder.

Und wenn nicht?

Er wusste nicht, dass ich wusste,
dass es vergehen würde.

Wir tranken noch ein Bier.

Es tut weh, sagte er.

Ich weiß, sagte ich. Ich kenn das.

Du?

Er schaute ungläubig.

Deine Frau ist doch die Treueste der Treuen.

War, sagte ich.

Und dann – fragte er:

Herzinfarkt?
Er?

Er.

Super.

Na ja.

Vielleicht haut es ihn ja auch um.

Er lächelte.

Ich nicht.

Wir redeten noch einige Zeit über nichts.

Tranken noch ein Bier.

Woher weißt du eigentlich, fragte ich irgendwann.

Das spürt man, als Mann.

So, ich dachte immer, das würden nur Frauen spüren.

Schmarrn, sagte er.

Wir tranken noch ein Bier.

Nach noch einem Bier

wusste ich,
dass er von mir nichts wusste.
Bis jetzt.

Das Finale

Er sagte am Telefon zu mir,
dass er mich gerne sprechen würde,
bald sollte es ein.

Er wollte ein Bier mit mir trinken,
vielleicht auch zwei.

Ich wollte eigentlich nicht,
aber ich musste,
er war mein Freund.

Wir prosteten uns zu,
zwei Herren in den endgültigen Jahren.
Grauhaarig, mit Lachfalten und den anderen
Falten des Lebens.

Ich kenn den Liebhaber jetzt, lächelte er.

Ich auch, dachte ich mir,
lächelte nicht.

Musste an den Herzinfarkt denken.

Hätte ich nicht gedacht,
sagte er.

Sag schon meinen Namen,
dachte ich mir.

Er dachte nicht daran,
ließ mich leiden.

Dann schaute er mich an und brüllte:
Arschloch!

Du Arschloch!!!

Ich wollte gerade ja sagen,
da sagte er:

Und du hast es gewusst.

Mir gefror mein Hirn: Was sonst, du Trottel,
konnte ich gerade noch denken.

Du hast gewusst, dass ihr Chef der Liebhaber ist.

Das hab ich Trottel nicht gewusst.

Keine Zeit zum Schnaufen

Als er einmal
für einen kurzen Atemzug
aus ihrem Unterleib ausparkte,
drängelte sich sofort
ein anderer
in diese Parklücke.

Bei der nächsten Dame
würde er bis zum letzten Atemzug
eingeparkt bleiben.

Keine Zeit zum Schnaufen
auf dieser Welt.

Liebe

Ich hab mich verliebt. Lächeln sie bitte
nicht so scheinheilig nachsichtig. Es
stimmt wirklich. Ich hab mich verliebt.
Natürlich find ich das auch lächerlich.
In meinem Alter verliebt man sich nicht
mehr. Da findet man höchstens
Zuneigung oder so. Ein Kuss auf die
Wange. Mei bist du nett. Ich mag dich.

Aber Liebe.

Bisher hatte ich alles im Griff. Die Frau, die Kinder. Hin und wieder ließ ich mich ohne ein schlechtes Gewissen in ein warmes Bett schleppen.

Aber Liebe.

Liebe ist doch, wenn man rot wird. Wenn man sich langsam zitternd näher kommt. Wenn man aufgeregt ums Verrecken den Büstenhalter nicht aufkriegt. Wenn der Mond saudumm dazu lacht. Wenn man stundenlang durch dichte Haare streichelt. Wenn man unwichtige Sätze wichtig sagt. Wenn man wieder zum Rauchen anfängt. Wenn man blöder wird, als man eh schon ist. Wenn man nichts mehr denkt, weil man nicht mehr denken kann. Wenn man Minuten zählt. Wenn man nicht zu spät kommen will. Wenn man in den Spiegel schaut und den Bauch einzieht. Wenn man eine frische Unterhose anzieht und Rasierwasser über den ganzen Körper spritzt. Wenn man seufzt. Wenn man die ganze Nacht nicht schlafen kann, weil man auf einen Anruf wartet. Wenn man, wenn man!

Vielleicht komm ich ins Heim.

So gehts

Sie: A Nette.
Er: A Netter.

Da Mo von da Nettn,
a ganz a Netter.
DFrau vom Nettn,
so wos von nett.

DNette Sie
hod dann mit dem netten Er.
Nett wars.

Da Mo von da Nettn
und dFrau vom Nettn,
hom dees net nett gfundn.

Homse troffa
und recht nett gfundn.

Dee andan Nettn findnse eigentlich
nimma so nett,
aa wenns nett war.

Häddn gern wieder ihre Nettn.

Dee Nettn findnse oba zu nett.

So gehts.

Können Sie sich das vorstellen?

Können Sie sich vorstellen,
dass eine Frau einen anderen Mann liebt,
ohne dass diese Frau mich kennt.

Wahnsinn

Nach dieser schweißgebadeten Nacht
war mein Körper leer.

Aus schlaftrunkenen Augenwinkeln sah
ich, wie sie über ihre uferlos langen Beine
einen schwarzen Slip zog.

Dann versteckte sie ihre Brüste
in einem schwarzen BH,
den ich vor einigen langen Stunden
gierig geöffnet hatte,
neugierig wie die Sau.

Nach einer Zigarette
drängte sie ihren traumhaften Popo
in diese engen Jeans,
die sie ausgezogen hatte,
vor langen Stunden,
als wäre sie ihr lästig.

Irgendwann tauchte ihr Bubikopf
aus dem übergestreiften roten Pullover
hervor.

Hey du, sagte sie,
ich muss jetzt gehen.

Und ich sagte nichts
und wusste auch nicht,
was ich hätte sagen sollen.

Hey du,
sagte sie dann noch,
alles paletti?

Natürlich war nichts paletti,
mein Körper war leer.

Sie setzte sich aufs Bett
und kraulte einfach so durch mein Haar.

Hey du,
du hast mir gut getan.
Es hat uns gut getan.
Wir haben uns gut getan.

Nie war so viel Ratlosigkeit in mir.

Sehen wir uns wieder,
fragte meine ratlose Stimme.

Nein!

Gnadenlos rücksichtslos fiel die Tür ins
Schloss.

Mensch, was war ich für ein guter Mensch.

Ich habe ihr schweißgebadet gut getan.

Ich komm bestimmt in den Himmel.

Sie natürlich erst recht!

Liebesfalten

Als die Liebe kam,
hatte ich keine Falten.

Als die Falten kamen,
ging die Liebe.

Hock jetzt ziemlich einfältig da!

Die Liebe hockt auf Faltenlosen.

Auch ziemlich einfältig!

Die Frisösen

Eigentlich bin ich treu. Wirklich! Ich hab nur Probleme, wenn mich eine mag. Soll ich die hängen lassen?

Die schaut mich an und mag mich und da kann ich doch nicht sagen, dass ich aus Prinzip treu bin. Ich kann dann zu der nur sagen, dass ich eigentlich nicht mögen darf, aber dass ich eine Ausnahme mach, wenns nicht anders geht.

Und dann hab ich kein schlechtes Gewissen, weil ich ja eigentlich weiß, dass ich treu bin, treuer als wie ein Hund jemals treu sein kann und dass nur eine Ausnahme ist und ihr grad so gut tut wie mir.

Aber einmal sollte die Andere schon eine halbe Stunde auf mich verzichten können, ich komm ja wieder. Treu wie ich bin!

Da lehn ich mich dann zurück und ihr netter kleiner Busen streichelt versehentlich absichtlich an meinem Nacken vorbei und die Welt hat eine Ordnung und die Ordnung heißt Zuneigung und neigt sich vielleicht zur Liebe und ich könnte mir vorstellen, dass ich sogar mit ihr auf dem Frisörstuhl – mit dem, was Sie jetzt denken, haben sie recht.

Ich sag Ihnen, ich mag sie, diese Dame mit dem kleinen Busen und den flinken Händen.

Und betrügen tu ich sie höchstens einmal im Jahr, wenns echt gar nicht anders geht.

Da war halt so ein Tag, wo meine Haare unerwünscht länger wurden. Ich wollte in meinem Alter aber keine langen Haare mehr. Wo ich schon amal nicht übertrieben seriös bin, wollt ich wenigstens seriös ausschaun.

Und so hab ich sie halt betrogen. Nicht mitten in der Nacht, was sie mir vielleicht verziehen hätte. Mitten am Nachmittag ist ja schon irgendwie was Lasterhaftes.

Aber, die andere Dame hat mir die Tür aufghalten, glächelt und gsagt Welcome und war eine Italienerin und ich ein Deutscher. Und dann hat sie meinen eingeseiften Kopf gstreichelt, dass mir sogar die Fußsohlen warm wurden und Va bene gsagt und mir die Haar gschnitten, wie sie meine Frisöse in Solln auch gschnitten hätt.

Und der italienische Busen war so groß und so weich und streichelte so versehentlich absichtlich an meinem Nacken vorbei, dass ich sie geheiratet hätte, sofort, wenn ihr Mann nicht 11 Euro kassiert hätte für diese Zuneigung.

Ich hab dann meinen frischen Kopf in die Altstadt von Siena hinausghalten und meine Sollner Frisöse um Verzeihung gebeten. Eigentlich bin ich wirklich treu! Nur einmal im Jahr erlaub ich mir im Urlaub einen Seitensprung.

Dass schöne Frauen immer so einen kräftigen Mann haben müssen, ist echt Scheiße. Die in Solln hat auch so einen: Wenn der mich anschaut, vereisen meine Fußsohlen. Aber er hat keine Ahnung, dass der nette kleine Busen seiner Frau immer so versehentlich absichtlich an meinem Nacken vorbeistreicht.

Wahrscheinlich weiß meine Frisöse gar nicht, dass sie mich liebt. Und die Italienerin hat mich bestimmt auch geliebt - und wenns aus Versehen war.

Wenn ich bei einer Frisöse war, find ich meinen Haarschnitt immer super.

Unglaublich

In der Zeitung is gstandn,
dass in Mexiko ein Erdbeben war.
Wie kann in Mexiko ein Erdbeben sein,
wenn ich nicht dabei bin?

Irgendwo is ein Flugzeug abgstürzt.
Wie kann irgendwo ein Flugzeug abstürzen,
wenn ich nicht mitflieg?

Einer ist Weltrekord gschwommen.
Wieso kann einer außer mir Weltrekord
schwimmen?

Kann überhaupt irgendwo was sein, wo ich
nicht dabei bin?
Kann überhaupt irgendwo ein Licht angehn,
das ich nicht eingschaltn hab?

Kann irgendwo ein Licht ausgehn,
wenn ich das nicht ausdreh?

Das kann doch irgendwie nicht sein!
Ohne mich kann doch gar nix sein!
Wo ich nicht bin, da ist doch nix, oder?

Es kann doch gar nicht sein,
dass irgendwo nächtens eine Frau
glücklich ist, wenn ich nicht dabei bin?
Das geht doch irgendwie nicht!

Gell, Sie halten mich nicht für größenwahnsinnig.

Todesanzeige

In letzter Zeit lese ich Todesanzeigen.

Unfassbar. Mitten aus dem Leben gerissen. Nach langer und schwerer Krankheit. Durch einen tragischen Unglücksfall. Er war der Mittelpunkt meines Lebens. Friedlich entschlafen. Ein pralles Leben ging zu Ende.

Das interessiert mich. Ein pralles Leben ging zu Ende. Heinz Müller.

Ich blättere im Telefonbuch. Heinz Müller. Leck mich am Arsch, wie viele Heinz Müller es gibt.

Nach dem zehnten Heinz Müller ist die
Witwe vom richtigen Heinz Müller am Telefon.

Sind Sie die Frau des verstorbenen Heinz Müller?
Ja, wieso?
Heinz Müller, fünfzig Jahre alt?
Helmut Eckl, mein Name.
Und was wollen Sie von mir?
Über ihren Mann reden!
Geht es Ihnen nicht gut?

Sehr gut. Ich bin Schriftsteller.
Ich möchte über ihren Mann einen Text schreiben.
Sind Sie verrückt?
Vielleicht.
Ich möchte trotzdem über das pralle Leben ihres
Mannes einen Text schreiben.

Das geht Sie nichts an.
Aufglegt wird.

Ich rufe einige Tage später wieder an.

Helmut Eckl, Sie erinnern sich.
Und wie, sagt sie, und legt auf.

Bei ihr klingelt wieder das Telefon.
Müller.
Eckl.
Sie schon wieder.
Wollen Sie mit mir reden?
Nein!
Warum denn nicht? Ihr Mann interessiert mich.
Er ist tot.
Haben Sie ihn geliebt?
Aufglegt wird.

Ich warte wochenlang.

Eckl, ich möchte Sie auf einen Kaffee einladen.
Ich kenn Sie doch gar nicht.
Dann lernen Sie mich kennen.
Ich geh doch nicht mit jedem einen Kaffee trinken.
Ich bin nicht jeder.
Rufen Sie mich in ein paar Tagen wieder an,
ich muss nachdenken. Und ich versprech nichts.

Wochen später.
Wo treffen wir uns?
Waldfriedhof Solln.
Bei den Urnengräbern.

Sollner Hof wäre mir lieber.
Urnengräber.
Auf einen Kaffee danach?
Keinen Kaffee.
Schade.
Auf ein Bier.
Sollner Hof.
Waldfriedhof Solln zuerst.
Waldfriedhof Solln.
Eingang rechts.
Urnengräber.

Da steht eine kleine schmächtige Frau, nicht in Trauer, und nicht mehr als fünfzig Kilo.
Hübsch.
Frau Müller?
Ja.
Helmut Eckl.
Freut mich.
Echt?
Frau Müller schaut mich an.
Ihre Begeisterung für mich hält sich in den engsten Grenzen.
Sagt: Da ist das Urnengrab.
Heinz Müller.
Geboren am 28.01.1955,
Gestorben am 27.01.2005.
Vom prallen Leben steht nichts auf dem Urnengrab.
Ich glaub, sag ich, das war doch keine gute Idee mit der Schreibe über den Heinz Müller.
Es war Ihre Idee, sagt sie.
Ja schon. Vielleicht blöd.

Beten Sie ein Vaterunser.
Ich bete.
Sie auch.
Pralles Leben.
Grusel gruselt durch meinen Körper.
Frau Müller, ich geh jetzt.
Noch ein Vaterunser.
Ich murmel.
Sie murmelt.
Komm mir lächerlich vor.
Frau Müller, ich geh... jetzt ...vielleicht.
Wir wollten doch ein Bier trinken.
Gut, ein Bier.

Wissen Sie, sagt sie im Sollner Hof zu mir,
ich habe ihn geliebt.
Sie trinkt ein Pils.
Ich ein Helles.
Eine rote Bluse umhüllt ihre kleinen Brüste.
Ich schäme mich abgrundtief.
Ich bin wirklich ein charakterloses Arschloch.
Sie sind vielleicht ein komischer Kauz, sagt sie.
Zum Widersprechen fehlt mir die Kraft.
Er ist einfach umgefallen, sagt sie dann.
Ich sag nix,
weil er mir plötzlich gegenüber sitzt.
Groß, stark, lächelnd.
Prostet mir mit einem Weißbier zu.

Was ist mit Ihnen, fragt sie.
Sie sind so blass.
Tatsächlich.
Wie war das mit dem prallen Leben, frag ich.

Ach Gotterl, antwortet sie da.
Wenn Sie das wirklich aufschreiben wollen,
ich erzähls Ihnen.
Heinz wird sich freuen.
Freut sich Heinz?

Jedenfalls grinst er mich an.
Noch ein Pils?
Logisch.
Noch ein Helles.
In welchem Film bin ich eigentlich?
Die Wirklichkeit ist ein Traum, sagt die rote Bluse.
Sie sagt auch, dass der Heinz ein guter Typ war.

Und ich, frag ich.
Sie!
Verrückt, sagt sie, sind Sie.
Hätt ich nicht gedacht, denk ich.
Heinz winkt mit seinem Weißbier.
Sie sieht es nicht.
Heinz Müller,
du bist vielleicht ein Typ.

Komisch

Wennsde mit 6 valiabst,
song alle: Mei nett!

Wennsde mit 16 valiabst,
song alle: Schwul isa jednfois net.

Wennsde mit 26 valiabst,
song alle: Schee langsam kannta heiratn.

Wennsde mit 36 valiabst,
song alle: Sei Ehe war eh scho im Arsch.

Wennsde mit 46 valiabst,
song alle: Grod in dee.

Wennsde mit 56 valiabst,
song alle: So a Spinner.

Wennsde mit 66 valiabst,
song alle: A scheene Rentn hoda. Dee woaß, wos wui.

Wennsde mit 76 valiabst,
song alle: Lang machtas eh nimma.

Wennsde mit 86 valiabst,
song alle: So a oida Depp.

Wennsde mit 96 valiabst,
song alle wieder: Mei nett.

106 hoda übrigens nimma dapackt.
Dee hodn dawerklt, song alle.

Gram

Wenn an meinem Grab
net wenigsten drei bis elf
Weiba flenna,
bine gram.

Dene drei bis elf,
dee scho obgnipplt san,
natürlich net.

Interessen

Mich interessieren keine Nachrichten.
Mich interessiert kein Fußball.
Mich interessiert nicht amal,
ob ein Vogel mein Auto vollgschissen hat.

Was mich interessiert ist:

Bluthochdruck, Cholesterin, Harnsäure.

Frauen!?

Wegen den Nebenwirkungen muss ich zuerst
noch meinen Arzt oder Apotheker fragen.

Der Wunsch

Ruft mich eine weibliche Stimme im Büro an und fragt mich, ob ich der Helmut Eckl sei. Sag ich zu der weiblichen Stimme: Vielleicht, warum? Den muss ich sprechen, antwortet die weibliche Stimme, dringend, und ich frage mich, ob die weibliche Stimme nur eine Frau oder gar eine Dame ist.

Aber da Neugierde schon immer eine meiner größten Stärken war, sag ich halt, ja, ja, ich bin der Eckl Helmut. Was kann ich für Sie tun?

Und die weibliche Stimme meint, dass ich etwas für sie schreiben müsse und dass Geld keine Rolle spielen würde. Ich hätte nämlich für ihr Projekt die ideale Schreibe und ein anderer Schreiber käme auf gar keinen Fall in Frage, nur ich.

Irgendwie schmeichelt die Schmeichelei ja schon und ich frag, was ich denn schreiben soll. Ja, also, sagt die Dame oder Frau da, am Telefon könne sie das auf gar keinen Fall sagen, wir müssten uns schon treffen, irgendwo.

Gnädige Frau, quäl ich mich da durchs Telefon, ich kenn in München leider nur vier Wirtschaften: Den Grappolo in der Adalbertstraße, den Atzinger in der Schellingstraße, das Fraunhofer und den Chinesischen Turm. Ich sollt in das Tambosi kommen. Tambosi? Wo isn dees? Odeonsplatz, bitte in den ersten Stock.

Und wie erkenn ich sie. Sie kennt mich. Kennt meine Bücher, kennt mich in- und auswendig, behauptet sie und mit meinem Schnurrbart tät mich ja eh jeder kennen. Wann? Nachm Büro halt, so um sechse herum. Sie ist einverstanden und ich bin neugieriger als alle meine neugierigen Nachbarinnen alle zusammen. Frau oder Dame, das ist die Frage.

Das Tambosi schaut im ersten Stock aus wie ein abgedunkeltes Wohnzimmer. Schwere Polster in den Ecken, dass man gleich darin versinkt.

Und da sitzt sie dann. Ganz allein. Tatsächlich eine Dame. Die Beine übereinander geschlagen. Hellbraunes Kostüm, garantiert nicht vom Karstadt. Schwarze lange Haare bis auf die schmalen Schultern. Hohe Wangenknochen, dunkle Augen abgrundtief; irgendwie römisch vornehm, dieses Gesicht.

Sie legt ihre Zigarette in den Aschenbecher, drückt mir die Hand. Raucht Benson & Hedges. Gold! Auf der Schachtel steht: Rauchen kann zu Durchblutungsstörungen führen und verursacht Impotenz. Ich bin beruhigt, weil ich keine Benson & Hedges rauche. Ich dreh mir eine. Sie trinkt einen Cappuccino. Sie spürt, dass ich befürchte, dass es in diesem Etablissement kein Weißbier

gibt. Keine Angst, sagt sie, die haben auch Weißbier.
Und dann sagt sie, dass sie meine Schreibe mag. Und ich frag, warum. Und sie meint, dass meine Geschichten immer gut ausgehen würden und das wäre ihr ganz wichtig. So, so, hör ich mich sagen, interessant. Und ich stell ihr beiläufig ein paar Fragen, die sie nur beantworten kann, wenn sie meine Texte kennt. Und sie kennt meine Texte und gibt gescheite Antworten und ich bin mir ganz sicher, dass ich mir beim Schreiben von diesen Texten nicht so viel gedacht habe wie sie sich beim Lesen. Sappradi!

Und was soll ich jetzt für sie schreiben, frag ich nach dem ersten Schluck Weißbier. Sie schaut mich an, als hätt ich mich grad in sie verknallt und sagt: Meine Grabrede. Und sie wiederholt sich und ganz im Ernst kommen noch amal diese zwei Wörter aus ihrem knallroten Mund: Meine Grabrede.

Irritiert meine ich dazu, dass sie ja noch leben würde. Sie: Na und! Zuckt mit den Schultern. Und außerdem, fährt sie fort, möchte ich sie vorher lesen, ist doch logisch, oder? Logisch ist das logisch, sag ich. Logischer gehts ja irgendwie gar nicht.

Ihre Zigarettenschachtel ist leer. Sie fingert sich eine neue Schachtel aus ihrer kleinen ledernen Handtasche, die auch nicht vom Karstadt stammt. Auf der neuen Benson & Hedges steht: Rauchen kann tödlich sein. Irgendwie hat die Dame ja schon einen saumäßigen Humor. Und lange feine Hände hat sie auch und die Fingernägel sind so knallrot angemalt wie ihr Mund.

Als ich noch darüber nachdenke, ob ich ihre Grabrede wirklich schreiben soll, erklärt sie mir schon, was in der Grabrede alles drin stehen muss: Ihre verstorbenen Eltern müssen vorkommen, ihre großartige Kindheit, ihr Psychologiestudium, das sie mit einer glatten Eins abgeschlossen hat, natürlich ihre wilde Jugend, der Irrtum mit der Heirat, die sie unermesslich reich gemacht hat, so dass sie eine Jugendstilvilla am Starnberger See besitzt und ein Ferienhaus auf Sithonia und eines in der Toscana mit Blick auf Siena, dass sie ihr Geld als Firmenberaterin verdient, das Geld aber nicht bräuchte.

Und dann fragt sie, ob ich mit zweitausend Euro für die Grabrede einverstanden wäre oder ich doch lieber dreitausend haben möchte. Da sag ich zweifünf wären in Ordnung und sie nickt und ist einverstanden.

Ja, meint sie dann noch, in der Grabrede müsste natürlich auch vorkommen, dass sie in ihrem bisherigen Leben zwölf Liebhaber gehabt hätte und es eventuell dreizehn werden könnten mit mir, wenn mich die Impotenz nicht einholen tät wegen der blöden Raucherei.

Und sie zündet sich eine Zigarette an, lächelt, legt

den linken Oberschenkel auf den rechten Oberschenkel und die linke Hand mit den roten Fingernägeln vor mich auf den Kaffeehaustisch. In dem Augenblick rauche ich nicht.
Einige Minuten sitzen wir schweigend, sie nuggelt an ihrer tödlichen Zigarette. Dann bestellt sie mir noch ein Weißbier, zahlt zwei Weißbiere und einen Cappuccino und steht auf. Sie ist größer als ich. Ich trau mich noch mutig zu fragen, wann wir uns wieder sehen. Wenn die Grabrede fertig ist, lächelt ihr roter Mund, stöckelt vom ersten Stock des Tambosi hinunter und ist weg. Auf dem Kaffeehaustisch liegen ihre Tagebuchnotizen.

Ich fang gleich an, ihre Grabrede zu schreiben.

Nicht leicht! Muss ja gut ausgehen!

Unmöglich

Nicht immer, aber meistens dann, wenn ich grad so einen ungünstigen Stuhlgang hab, schau ich mir in einer dieser gegen meinen Willen immer noch abonnierten Frauenzeitschriften Werbung an. Da blättere ich also so herum, schau in Pfirsichgesichter ohne die geringsten Pickel, schau auf makellose Busen, als wärns grad frisch geboren, schau auf feingliedrige Hände, die ausschaun, als hätten sie noch nie härter gearbeitet als die Zähne zu putzen, schau auf einen Popo, den der liebe Gott in jungen Jahren erdacht haben muss und auf lange Haxen, an denen meine Sehnsucht von der großen Zehe über die wohlgeformtesten Wadeln aller Wadeln nach oben schweift.

Da denk ich mir dann, dass so ein makelloser Körper bestimmt nie aufs Klo gehen muss, sondern nur so ein Körper, wie ich einen hab. Einen Körper, der manchmal sogar gegen meinen Willen in den ungünstigsten Augenblicken so Winde entweichen lässt, wo meine Frau dann sagt: Wennsd jetzt mit der Claudia Schiffer spazieren gehen tätst, hättst dich das nicht getraut. Da schäm ich mich dann.

Weil meine morgendlichen Sitzungen seit einiger Zeit immer länger dauern, fahr ich jetzt nicht mehr mit dem Bus um 7.53, sondern um 8.03 ins Büro. Da komm ich dann zwar zehn Minuten später an, fühle mich aber doch leichter. Und seit ich meinen Zeitplan umgestellt hab, treff ich an der Bushaltestelle immer eine junge Frau, die ein Pfirsichgesicht ohne die geringsten Pickel hat. Einen makellosen Busen hats auch, als wäre der grad frisch geboren. Und ihre feingliedrigen Hände haben bestimmt noch nie härter gearbeitet, als die Zähne zu putzen. Ja, und den Popo muss sich der liebe Gott in seinen jüngsten Flegeljahren ausgedacht haben.

8.02. Sie steht neben mir an der Bushaltestelle. Der Föhn haucht rücksichtslos ein lauwarmes Lüfterl über München. Ihr lustiges Blumenkleid schmiegt sich in geradezu unerträglicher Erotik an ihren Körper. Ich lächle sie an, sie lächelt auch und dann entweicht ihr

unter ihrem lustigen Blumenkleid
total unbeabsichtigt so ein Winderl.
Bei dem Til Schweiger, sag ich zu
der, hätten Sie sich das nicht getraut.

Abblitzt

Mein Hausarzt mit den unzähligen
Altersflecken auf dem Handrücken und den
patientenmüden Augen hatte keine Zeit mehr,
sich von mir zu verabschieden.
Er konnte mir auch keinen guten
Rat mehr fürs Leben auf den
Weg geben. Ein Infarkterl hatte
ihn sekundenschnell
hinweggerafft in eine andere
Welt. Er ließ mich mit
Halsschmerzen, den vielen in die
Wiege gelegten Krankheiten,
Schnupfen und Heiserkeit
zurück.

Ohne Hausarzt kroch eine gewisse
Lebensgefährlichkeit in meinen Körper,
machte mich angstvoll zittrig und zukünftig
sorgenvoll.

Natürlich musste ein neuer Hausarzt her.
Aber der Nachfolger meines alten Hausarztes

wurde eine Hausärztin. Weder als junger Mann, noch als Kleinkind, weder gestern noch vor einem Jahr war ich von einer Hausärztin untersucht worden.

Kennt eine Ärztin überhaupt Männerkrankheiten? Untersucht so eine Ärztin nur meinen Hals oder schaut die auch unten herum nach? Fragen von höchster Brisanz und selbst im 21. Jahrhundert noch völlig ungeklärt. Trotzdem: Ohne Hausarzt, von mir aus auch Hausärztin, erschien mir das ohnehin von Geburt an lebensgefährliche Leben geradezu unerträglich lebensgefährlich.

Ich wartete die nächsten lebensgefährlichen Krankheiten wie Schnupfen, Heiserkeit und Halsschmerzen geduldig ab, setzte mich in ein helles Wartezimmer, blätterte in Geo-Heften, Merian Stadtführern, grinste über Asterix und Obelix, lachte schallend völlig deplaziert über Michail Bulgakows Erzählungen „Wohnraum auf Rädern“, was mir stumme Rügen der umsitzenden Sterblichen einbrachte, griff mir das nächste Buch und erstarrte freudig erregt. Das Buch war von mir. Mein zweites Buch lag da ganz einfach im Wartezimmer meiner künftigen Hausärztin.

Ja, was ist jetzt das für eine, die ein Buch mit Kurzgeschichten vom Eckl Helmut ins Wartezimmer legt. War die völlig normal?

Mindestens so normal wie wenigstens ich selber?

Jetzt musste ich diese Hausärztin kennen lernen, auch wenn meine Heiserkeit urplötzlich verflogen, der Schnupfen unauffindbar war; Halsweh hatte ich wahrscheinlich nie gehabt.

Wie waren wohl ihr Gesicht, ihr Busen, ihre Hände, ihre Haare, ob sie einen kleinen oder großen Popo hatte, verheiratet war, geschieden, groß, klein, streng oder sanft, gscheiter als ich, und ob sie wohl mit mir ein Bier trinken würde.

Mit einem freundlichen Ach, der Herr Eckl schüttelte sie mir fest die Hand, bat mich in einen braunen Ledersessel und schnürte mir wortlos das Blutdruckmessgerät an den linken Oberarm meines sprachlosen Gesamtkörpers.

Sie war abgrundtief hässlich!

Ja gut, Herr Eckl, das passt schon, meinte sie nach endlosen Sekunden. Und Herr Eckl, ich kenne sie natürlich sehr gut. Ich habe ihre Bücher gelesen und hier liegt ihre Krankenakte. Sie sitzen quasi nackt vor mir.

Dann brauch ich mich ja wenigstens nimmer ausziehn, krumelte ich erleichtert und lud die

Hausärztin nicht wie die Hausärztin auf Seite 34 meines zweiten Buches auf ein Bier ein. So schutzlos nackt saß ich auch wieder nicht vor ihr.

Und übrigens war die Hausärztin auf Seite 34 meines zweiten Buches hübsch und ist mit mir auf ein Bier gegangen. Aber die!

Beim Hinausgehen schüttelte mir meine neue Hausärztin die Hand, gratulierte mir zu meiner Gesundheit, lächelte schelmisch und fragte: Gehen wir auf ein Bier, wie auf Seite 34 ihres zweiten Buches?

Do schaust

Eine durchsichtige Bluse erscheint.
Er schaut.
Sie fragt, warum er so schaut.
Er sagt, dassa schaun muss, weila sonst nix sigt.
Sie fragt, oba scho wos sigt?
Sig no nix, sagta, muaß zerst no schaun.
Dann schau no, sagts.
Jetzt sige wos, sagta.
Wos sigst nachad, fragts.
Nix, sagta.
Mei Liaba, do hods gschaut.

Bayern ist BSE frei

Meine Frau isst kein Rindfleisch mehr,
mein Sohn isst kein Rindfleisch mehr,
meine Tochter isst überhaupt kein Fleisch.
Das einzige Rindvieh bin ich.

Bin ich alt?

Da hock ich total entspannt in der U-Bahn, denk an nichts außer vielleicht an was Schlechtes, ärger mich über die Süddeutsche, bei der auch nur bei den Todesanzeigen noch eine gewisse Spannung aufkommt, wie sich mir gegenüber eine Frau, ziemlich jung, mit Einzelkind platziert.

Ich hab freundlicherweise meine Haxen auseinandergspreizt, damit sie ihre Tengelmanntüten abstellen konnte, freundlich das Kind angschaut, welches ein drei- bis vierjähriges lebensfrisches Mädchen war, und weiter die Todesanzeigen studiert.
Ein jüngerer Mensch als ich war gstorben und das hat mich irgendwie schon gfreut.

Und dann, ich habs ja fast geahnt, steigt dieses Mädchen auf den mir gegenüberliegenden U-Bahnsitz und hatscht mit ihren dreckigen Schuhen auf und ab und hinterlässt nix wie die dreckigsten aller dreckigen Tapperer und die Mutter sagt nix und ich sag auch nix.

Da lasst also diese Mutter dieses Kind diesen Sitz bis zur Unkenntlichkeit versaun.

Ich hab dann ein Tempotaschentuch aus dem Hosensack gkramt, dieser Frau mit dem lebensfrischen Mädchen überreicht und gsagt, dass damit den Sitz sauber machen kann, wenns amal aussteigt.

Und dann hab ich noch gsagt, was ich vielleicht nicht hätt sagen sollen, dass ich meine Kinder antiautoritär erzogen hätt und sie ihr Kind anscheinend überhaupt nicht.

Da hats zuerst mit diesem jungen offenen Maul ungläubig gschaut und dann alter Depp zu mir gsagt. Derweil war doch 1968 erst gestern. Und ich doch noch in der Blüte meiner letzten Jahre.

Wie ich die Gschicht daheim erzählt hab, hat die Freundin von meinem Sohn gsagt, dass sich über einen dreckadn U-Bahnsitz doch wirklich nur ältere Herren aufregen würdn.

Ich sag ab jetzt nie mehr was, weder daheim, noch in der U-Bahn.

Wurscht, wie alt ich werd.

Unbeschreiblich

Heut muss ich schreiben.
Eine Auftragsarbeit! Der Konzern wird fünfzig. Großer Auftrieb an Persönlichkeiten. Große Reden. Eine kleine Satire soll auch dabei sein. Lustig soll sie werden, nicht zu lang, aber auch nicht zu kurz. Aber, vor allem lustig. Ein bisschen kritisch soll sie auch sein, logisch, aber beleidigen soll sie niemanden, auch logisch, die Regierung soll ihr Fett wegkriegen und die Opposition darf auch erwähnt werden. Die Regierung ein bisserl mehr.

Herr Eckl, sie machen das schon. Über die Gage reden wir nicht, sie bekommen, was sie verlangen, ist doch logisch. Meine Tochter bräuchte einen neuen Laptop. Herr Eckl, peanuts. Na gut!

Heut muss ich schreiben. Ich rolle mich bandscheibenmäßig aus meinem Samstag-Morgen-Bett. Bwundere meinen Morgenstrahl. Verschwende aber keine überflüssigen Gedanken an meine Prostatanachbarn. Weil, heut muss ich schreiben.

Atlantikflutig rauscht es eiswasserkalt über meine lesenächtig verklebten Augen. Ich putze einen heftigen Angriff mit Colgate Sensation White auf die unsichtbaren

Kariesmännchen und den unerträglich unerbitterlichen Knoblauchatem. Die kopfkissenfaul verlegenen Haare wehren sich erfolgreich gegen jeden Kamm, sind aber gegen das gestern gekaufte Haarwaschmittel mit dem Zitronengeruch machtlos.

Heut muss ich schreiben und ich trabe jogginghosig durch Solln. Nieselregen tröpfelt in mein angebliches Lachfaltengesicht. Es klingeln in den Einfamilienhäusern diese unerträglichen Elektrowecker: sechs Uhr.
Ich dränge mein Hirn in eine Sackgasse, damit es nicht mehr auskann und den Anfang einer Satire ausspuckt. Ein Fußgängerweg führt aus der Sackgasse, mein Hirn schweigt und ich gräme mich über so wenig Hirn.

An der Bäckerei Reis führt kein Weg vorbei. Frische Semmeln. Semmeln, die nicht bei jedem Biss nur hohlwangig stauben, sondern Semmeln, die nach Kindheit und selber gemachter Erdbeermarmelade schmecken, Semmeln, für die ich meilenweit gehen würde. Das wird ein Frühstück!
Heut muss ich schreiben und ich gieße den letzten Beutel dieses Grüntees auf, der soll vom verseuchtesten aller verseuchten Tees sein, jedenfalls meine Sorte.

Ich koch ein weiches Ei und hoff auf Cholesterinfreundlichkeit, da es aus Freilandhaltung stammt. Jedenfalls hatte Frau

Henne jede Menge Bewegung, sagte mein Eierhändler. Ein bisschen Schinken darf sein, dafür keine Butter, sondern Margarine. Vier Bauernsemmeln. Dafür keine Nachrichten.

Heut muss ich schreiben und ich durchblätter die Zeitung. Nur ganz kurz ein Blick, natürlich, und nur ganz kurz. Was hat der Trottel wieder gsagt. Leck mich doch am Arsch mit der Politik.

Heut muss ich schreiben und ich erinnere mich, dass ich vorher noch mein Radl flickn sollt. Vorderradl, überhaupt kein Problem. Sofort erledigt. Und morgen gibts dann eine schöne Radltour. Loisach aufwärts.

Aber, heut muss ich schreiben. Die mechanische Olympia Traveller ist eigentlich mein Freund. Aber, wenn ein weißes Papier eingspannt ist, bin ich mir da nicht mehr so sicher.
Heut muss ich schreiben, und mir fehlt dazu mein Adelholzener Classic. Ab in den Keller.

Heut muss ich schreiben und das Telefon läutet. Zu dem kann ich auch nicht einfach sagen, dass ich heut schreiben muss.
Die passende Musik dazu wäre Visions of Ireland. Na, das ist mir heut zu zähzachtraurig.

Heut muss ich schreiben. Hintergrundmusik

from Norway wird gut sein. Leise. Edvard Grieg. Peer Gynt. Na, das ist heut wirklich nix. Das kann ich nur hören, wenn ich gut gelaunt bin.

Aber heut muss ich ja schreiben. Wenn ich Bayern I einschalt, schreib ich nie mehr was. Heut muss ich schreiben. Ich glaub, die Fingernägel sind zu lang.

Bei dem Sauwetter kann eigentlich kein Mensch schreiben.
Reiß dich zamm, Mensch, es gibt Menschen die lächeln ihr ganzes Leben lang beim Schreiben.

Heut muss ich schreiben, aber morgen wär ja auch noch ein Tag. Aber morgen, da wollt ich ja radeln, eigentlich.
Meine Tochter braucht einen neuen Laptop.
Scheiß Konzern!
Den fotz ich rum.
Und die Regierung fotz ich auch rum.
A bisserl halt.
Heut schreib ich.

Bücher I

Natürlich mag ich Bücher.
Warum soll ich keine Bücher mögen?
Wenn ich die frischen Druckseiten rieche,
bin ich glücklich.
Da spüre ich Wörter, Sätze, die Dramen des
Lebens. Das echte Leben spielt sich eh nur in
Büchern oder im Kopf ab.
Das wahre Abenteuer tobt im Kopf.
Was ist dagegen schon das wirkliche
Leben?
Nix!

Im wirklichen Leben kommst auf die Welt,
lebst und stirbst.
Im Kopf kommst pausenlos
auf die Welt, wennsd magst, lebst hundert
Leben, wenn es dich freut, überlebst den Tod,
wenn dir aber danach is, stirbst und wenn dir
dann im Himmel fad ist, kommst einfach
wieder auf die Welt.

Und verlieben kannst dich auch so oft wiesd
magst und keine noch so ziepferte Hehna
kann was tun, wennsdas umnietest bis zum
letzten Samenfaden.

Du kannst sogar einem die Gurgel
durchschneiden, ohne dass dir was passiert.

Wollten sie noch nie einem die Gurgel durchschneiden? Lügen sie doch nicht so dreist!

Im Kopfleben können sie eine Flasche Whisky saufen und eine Schachtel Roth-Händle dazu rauchen und haben am nächsten Tag kein Kopfweh.

Im richtigen Leben lallen sie doch schon nach ein paar Weißbieren und husten sich bei jeder Zigarette die Lunge in Fetzen.

Im Kopfleben haun sie doch dem Tod in die Fresse und seine bleichen Knochen klappern „What a wonderful world."

Ich mag Bücher. Ich mag nur keine Bestseller. Ich kaufe auch keine Bestseller, weil Millionen Bestseller kaufen.

Da lesen Millionen Wörter,
die nur für mich bestimmt waren.

Wenn Millionen denken, wie ich denke, wer bin ich dann? Ich möchte amal ganz allein für mich einen Bestseller haben.

Ich möchte ganz allein in
die frischen Druckseiten riechen.

Wahrscheinlich werd ich nie alleins einen
Bestseller für mich haben, im wirklichen
Leben.

Außer ich schreib einen.

Ein paar Bestseller hab ich ja eigentlich
schon gschrieben.

Das wahre Leben spielt
sich nämlich im Kopf ab.

Bücher II

Die Library of Congress in Washington, DC
besitzt 26 Millionen Bücher.

Die Russische Staatsbibliothek in Moskau
verwaltet 20 Millionen Bände.

In der British Library in London
stehen 13,8 Millionen Buchdeckel.

Die Bibliothèque Nationale in Paris
ist auf 10,4 Millionen stolz.

Und in der Bayerischen Staatsbibliothek
kümmern sich Beamte um 7,8 Millionen
Gscheitheiten.

Ich tät jetzt ganz gern von Ihnen wissen,
warum ich noch ein Buch schreiben sollt?

Der Störenfried

Da sitzt einer im Publikum, der mich nicht
mag.

Warum mag mich der nicht?

Warum zahlt der einen Eintritt, wenn er mich nicht mag?

Warum bleibt der nicht daheim und
schaut fern?

Da kann er sich dann genug
ärgern und muss mich nicht anschaun und
mich ärgern.

Ich bin ja schon neugierig, wers is.

Bestimmt ein Mann.

Männer mögen mich oft dann nicht,
wenn mich die Frauen mögen.

Also ein Mann, bestimmt ein Mann.

Am Klatschen werd ich ihn erkennen.

Wenn einer bloß so gnädig klatscht, dann hab ich ihn.

Dann werd ich zu dem sagen: Sie
müssen mich fei nicht anschaun und zuhören
müssen sie erst recht nicht und wenn sie ihr

Eintrittsgeld zurück haben wollen, hab ich
damit auch kein Problem.

Da wird er dann dumm schauen und hundert
Leute werden ihn anschauen und es wird ihm
peinlich sein und er wird sich wünschen, dass
er geklatscht hätte wie ein Wahnsinniger.

Zu spät, werd ich sagen und ihn mit einem
eisigen Blick aus dem Saal treiben.

Und hundert Menschen werden klatschen wie die
Wahnsinnigen, damit es ihnen nicht grad so geht.

Ich mag mich ja manchmal auch nicht.

Manchmal hab ich schon in der Früh so ein
Gesicht, dass ich den Tag auf gar keinen Fall
überleben möcht.

Da glotzen mich Augen an, als wär ich blind. Da
riecht die Nase nicht amal das billigste Rasierwasser,
weils boxerkrumm is.

Da hängen die Mundwinkel
magenkränklich säuerlich bis zu den
schmalen Schultern hinab.

Da hab ich mehr Falten in der Visage, als ich mir jemals
derlacht hab.

Da mag ich mich wirklich nicht.

Aber einen Eintritt zahl ich halt auch nicht, für
diesen Tag.

Ich mein, dass ders is.

Der schaut schon so,
als wär er was Besseres.

Der mag mich nicht,
weil er kein Autogramm geben darf.

Was kann ich dafür, dass ich da heroben hock und
er da drunt.

Aber es fehlt ihm wahrscheinlich
der Mut. Sonst tät ich drunten sitzen und er
da heroben.

Wenn der wüsst, wie mir oft die Angst am
Knochen nagt.

Wenn der über mich alles
wüsst, tät der ganz schön derschrecken und
ich tät ihm vielleicht sogar leid.

Aber so!

Ja, was kann ich denn dafür, dass ich nicht
der Goethe bin.

Da tät der aber schaun, wenn
ich der Goethe wär.

Da tät der schon vor
lauter Respekt klatschen, egal obs im gfallt
oder nicht.

Jetzt aber hockt der irgendwo
respektlos im Publikum.

Wenn ich jetzt die Augen zumach, dann werd
ich ihn wahrscheinlich derspürn und wenn ich
die Augen wieder aufmach, dann werd ich ihn
sehn und dann hab ich ihn, den Lümmel.

Jetzt mach ich die Augen langsam auf.

Ah, der is, der da in der dritten Reihe links,
ganz außen.

Grauschöppelig, brüllnglasig, schnurrbärtig,
1,78 groß hinaufgewachsen, 78 Kilo
hingfuttert, Blutdruck 120 zu 8o, Ruhepuls
60, leicht hüftsteif, senkspreitzfußig,
Schreiberling, früher als ein Talent gelobt,
immer noch nicht so alt wie er ausschaut,
Altjüngling, bald unglaubliche sechzig.
Name: Eckl Helmut. Ha!

Wir zwei sollten uns vielleicht ziemlich
dringend unterhalten.

Hockt der Eckl Helmut
im Publikum und schaut dem Eckl Helmut zu.
Ekelhaft! Beinah hätt ich als Eckl den Eckl
nausgschmissn.

Das nächste Mal bleibst
daheim, Eckl, und schaust fern.

Und den Eintritt kriegst zruck!

Vater

Wenn Vater zu Besuch kam,
mussten wir den Kühlschrank
samt Gefrierschrank leeren.

Vater kam immer mit mehreren Kühltaschen,
reißfesten Plastikbeuteln und
rosigem Gesicht.

Wenn Vater zu Besuch kam,
hatten die niederbayerischen Metzger
keinen Leberkas mehr,
kein Gselchtes,
keine Regensburger,
Hirnwurst war auch aus
und Knoblauchwurst sowieso.

Wir pressten Suppenhühner und Hendeln
in den Gefrierschrank,
Tauben neben Enten und Gänsen,
Schweinsnacken auf Rinderlenden.

Ein großes, frisch gwetztes Messer
brachte Vater auch immer mit.

Damit säbelte er gewissenhaft und unerbitterlich.
Strahlte, hielt ein Trumm Leberkas
triumphierend in die Höhe
und sagte:
Probier, schaust eh so schlecht aus.

Dass es in München anständige Metzgereien
geben könnt, überstieg seine Vorstellungskraft.

Rainmüllnerbrot brachte er auch mit.
Ein Laib wär ja in Ordnung gwesen.

Wenn Vater zu Besuch war,
aß die Nachbarschaft vierzehn Tage lang
Rainmüllnerbrot,
Leberkas, Gselchtes, Regensburger,
Hirn- und Knoblauchwurst.

Die Nachbarschaft fürchtete
die Besuche meines Vaters.

Irgendwann kam Vater nicht mehr.

Er säbelte zum Frühstück
keinen roten und weißen Pressack mehr
mit dem großen, frisch gwetzten Messer.

Wollte nach dem Kaffee kein Weißbier
mehr trinken und fragte nicht mehr,
was es zum Mittagessen wohl geben werde,
ob genügend für das Abendessen da wär,
ob er morgen mit einer Ente mit Blaukraut
rechnen dürft und übermorgen,

mit einem Hecht in Weinsoße, wegen der
Gesundheit.

Vater starb kerngsund und kugelrund.

In seinen unzähligen Feldpostbriefen
aus einer unseligen Zeit hatte er unzählige
Male geschrieben:

Liebe Mutter, vielleicht gelingt es Dir,
mir Leberkas, Gselchtes, Regensburger, Hirn- und
Knoblauchwurst zu schicken.

Ich hab so einen Hunger.

Vater starb kerngsund und kugelrund.

Ikea

Ich war gestern beim Ikea.

Mich wundert,
dass ich heut
schon daheim bin.

Ich war gestern
nervlich leicht zerrüttet.

Heut gehts mir
auch noch nicht besonders gut.

Sie wollte nur ein Lampe kaufen.

Eine kleine Lampe.

Gestern war Samstag.

Ich sollt derweil ein Bier trinken.

Ein Bier hats gsagt.

Ich hab dann vier
trinken müssen,
weil die kleine Lampe
nicht kommen ist.

Neben mir,
hinter mir
und vor mir,
fetteten Pommes-Berge
wölfische Mäuler.

Eine kräftige Frau mit einem noch kräftigeren
Busen stillte ein kräftiges Kind.

Der Pommes-Teller
vor ihr war abgeräumt und ketchuprot.

Als ich mir, nervlich zerrüttet
und biergangschwar das fünfte Bier holen wollte,
kam sie – ohne Lampe.
Ausverkauft.

Dafür hatte sie für mich
ein rotes Herzkissen gekauft.
Unerträglich diese Nettigkeit.

Wegen einer kleinen Lampe
waren wir beim Ikea.
Ich hab mich durch graugelbgsichtige
Menschenmassen zum Ausgang grantlt.
Sie können mich jetzt fragen,
ob ich noch amal zum Ikea fahr.

Meine Antwort lautet:
Ab fünf Bier geht die Sache in Ordnung.

Obacht

Täusch dich nicht, mein Freund,
du wirst älter als du denkst.

Und deswegen ist morgen noch ein Tag
und übermorgen auch.

Und in zehn Jahren
wirst du dich wundern,
dassd noch lebst.

Und in zehn Jahren
wird morgen und übermorgen
auch noch ein neuer Tag sein.

Drum musst
Guten Tag
sagen und nicht
Grüß Gott.

Angeln

Ein normaler Mensch versteht einen Angler
nicht, kann ihn nicht verstehn.

Ein normaler Mensch sieht einen Angler
hinter seiner Anglerrute hocken und denkt
sich,
der spinnt.

Hockt da, sagt nix.

Und wenn man zu ihm was sagt,
sagta erst recht nix.

Stumm wie ein Fisch halt!

Ich bin ja schon als kleiner Bub mit meinem
Vater zum Angeln gegangen.

Da schüttete der Himmel seine dicken
Regentropfen auf den NSU Prinz und wir
warteten auf das Klingeln der Aalglocke.
Das war an der Pfreimd.

Und dann blinkerte mein Vater auf Forellen
und der Meps surrte.
Das war an der Laaber.

Und wenn mein Vater sich die wärmenden
Fingerhandschuh anzog, der Dackel Waldi schwänzelte,
ging es im Herbst an den Regensburger Hafen.

Magisch tänzelte der Twister.
Wo war der Zander?
Das war an der Donau.

Und am Baggersee vom Haslbeck in Barbing
zuckte der Schwimmer, tauchte unter wie ein
U-Boot und mein Vater sagte: Karpfen.

Und der Schwanz wackelte aufgeregt
mit dem Dackel.

Vater, irgendwann in den weißblauen
Anglerhimmel aufgestiegen, sagte immer:
Bei Ostwind geh ich nicht angeln.

Ich wollte nie angeln wie mein Vater.

Der sich fett krümmende Tauwurm am
Angelhaken – grauslich!

Der Meps mit drei Widerhaken –
leiden Forellen nicht?

Ich nehme die künstliche Fliege,
vielleicht den Streamer.
Ich seh die Forelle im klaren Wasser.

Die Trockenfliege landet vor ihrem Maul.

Da lächelt die Forelle und sagt:
So schaut keine Fliege aus.

Na gut, sag ich zu der Forelle,
dann halt die Nassfliege.
Und ich zieh die Nassfliege an ihrem
gierigen Maul vorbei und die Forelle sagt:
Also bitte, bin doch kein Depp.

Und dann setz ich den Streamer ein.

Und die Forelle denkt im Dämmerlicht,
dass ich heimgegangen bin, wegen dem
Abendessen, und sie mag jetzt auch noch
zu Abend essen.

Und ich seh sie herausschießen
aus dem Kraut,
mit dem gierigen offenen Maul
und dann hängt sie,
taucht hinab ins schützende Kraut,
springt aus dem schäumenden Wasser,
verzweifelt,
kämpft den Kampf ihres Lebens.

Aber: Das Leben ist kein Wunschkonzert.

Als ich sie vom Haken lös und sie vorsichtig
und ungläubig ins Wasser zurückgleitet,
staune ich:

Es herrscht Ostwind.

Der Apache

Nach der Lesung setzte sich
der Apache zu mir.

Indianergwand,
Steinkettn,
Cowboyhut
mit Feder.

Er redete schneller,
als ich zuhörn konnte.

Die Damen der Literaturvereinigung
warn verschnupft.
Wollten mich für sich!

Krass cool der Apache.

Sagte, dass jeder seinen Weg gehn muss.

Schenkte mir einen Isarkiesel.

Erklärte mir,
dass er ein Deutsches Museum
am Jakobsplatz gründn werde.

Dass die Finanzierung gsichert sei.

Dass er eine Oper aufführen möcht,
vom Wagner,
wo der König Ludwig stirbt.

Dass ich mit meinen Texten
in Hollywood auftreten müsst.

Dass er mich berühmter machen könnt,
als alle Berühmten zusammen berühmt wären.

Dass er die schönste Frau der Welt hätt,
dass er zu der jetzt heim müsst,
dass sie ohne seinen Granatenpinsel
nicht einschlafen könnt und dass
und dass und dass und dass.

Und die Damen der Literaturvereinigung
schüttelten die Köpfe,
ungläubig,
und in meinen Gehörgängen
dröhnte immer nur ein:
und dass und dass …

Und dann ging der Apache,
aufrecht,
cool krass.

Und dann sagte die Wirtin
von der Grünwalder Einkehr zu mir,
dass ihr Ober manchmal als König Ludwig
verkleidet servieren würde und die Leute
dann grad so leuchtende Augen haben
würdn wie der Apache.

Und da wurlte in meinem Kopf
der König Ludwig, der Apache
und Hollywood durcheinander

und ich hielt mich am Isarkiesel fest.
Und am nächsten Tag sagte meine Frau zu mir,
dass schon zweimal ein Apache angrufen hätt.
Und als das Telefon zum dritten Mal klingelte,
wusste ich, dass das mein Apache sein würde.

Und wieder redete er schneller,
als ich zuhören konnte
und er sagte zu mir,
dass er sich jetzt in einem Hotel
einquartiert hätte,
Vollpension,
jede Menge Ärzte,
und dass die ihm ein weißes Pulverl geben
würden, das er nicht nehmen würde,
weil das wahrscheinlich Gift sei,
und dass die Ärzte keine Ärzte sein würden,
sondern sich nur verkleidet hätten
und dass sein Anwalt Bossi die auf
100.000 € Schadensersatz verklagen würde,
wegen dem Gift in dem weißen Pulverl
und dass er dann das Deutsche Museum
mit diesem Geld gründen würde,
und dass ich mit meinen Texten
als König Ludwig nach Hollywood
gehen müsst, dringend und unbedingt,
und dass wir beide dann berühmt würden
wie die Sau und dass jeder seinen Weg
gehen muss und ob ich den Isarkiesel noch hätt.

Und ich fragte ihn dann noch erschöpft,
wo denn sein Hotel sei

und er lachte herzerfrischend und glücklich
und sagte: In Haar.
Und da hab ich mir meine Hollywoodkarriere
abgeschminkt und in Haar angerufen.

Freilich sagten die,
ist der Apache da.

Aber er würde jetzt schon ziemlich spinnen,
tät behaupten,
dass er den berühmtesten Dichter der Welt kenne,
einen gewissen Eckl Helmut,
aber den würde in Haar keine Sau kennen.
Aber,
wenn sich dieser ominöse Eckl Helmut
melden würde,
würden sie den Apachen wieder rennen lassen.

Berühmt wär ich ja vielleicht schon gern,
aber melden?

Wahrscheinlich nicht.

Der Fremdenführer

Die Tür schepperte ins Schloss. Der Streit mit der Ehefrau blieb eingsperrt zurück. Gedankenleer setzte ich Turnschuh um Turnschuh. Die Kneipentür gähnte halboffen. Der Bierschaum grinste verächtlich. Ich soff ihn weg. Lächelte halbglücklich über diese gute Tat. Fingerleicht drehte ich eine Zigarette. Ich hatte wie immer kein Feuer. Der freundliche Nachbar half aus und sengte mir mit seinem Sturmfeuerzeug den Schnurrbart an. Tschuldigung. Kann jeder sagen.

Der Nachbar wollte ein Gespräch, ich wollte neuen Bierschaum vernichten. Ich duckte mich hinter dem kräuselnden Zigarettenqualm. Die Worte des Nachbarn stocherten im Zigarettennebel. Ich hatte keine Ahnung, warum mich die Bedienung anlächelte. Ich gab doch kein Trinkgeld, die Bedienung lächelte trotzdem weiter und sagte Danke. Auch gut.

Der Nachbar quallte nebulöse Worte, textete mir ganze Sätze an meinen gedankenleeren Kopf. Ich nickte verständnisvoll und verstand nichts. Ich zählte die hölzernen Stühle. Fünfzig, nein einundfünfzig, einen hatte ich glatt übersehn.

Ich wollte gehen, Turnschuh vor Turnschuh setzen, in die gurgelnde Isar hineinstarren, vergleichen, ob in den Isarauen der Herr ausschaut wie sein Hund oder umgekehrt, einem Liebespaar beim Knutschen neidig sein und darauf warten, ob er sich was traut. Vielleicht wollte ich auch nur einen Stein ins Wasser schleudern und darauf warten, bis er untergeht, wie immer. Jedenfalls wollte ich gehen.

Da stellte mir die lächelnde Bedienung ein unbestelltes Bier hin. Prost, quallte der freundliche Nachbar. Ob er mich kannte? War ich mit dem in die Volksschule gangen, hatte ich mit dem gschussert, hatte er mir vor vierzig Jahren meine rothaarige Freundin mit den kleinen heißen Händen ausgspannt, an einer roten Ampel meinen Kofferraum am Auto halbiert, oder war das gar der, der mir auf dem Oktoberfest mein linkes Auge blau gfärbt hatte. Erschreckt musste ich aus den Augenwinkeln beobachten, wie der freundliche Nachbar abgrundtief lächelnd näher rückte. Aus seiner sehnigen Pranke bot er mir eine Zigarette an. Ich vertraute auf sein Sturmfeuerzeug.

So, so, im Norden warns also schon, stellte er, ohne mich ernsthaft zu fragen, blickfragend fest. Ja, ja, der Norden ist schöner als der Süden. Das Bier ist schon teuer, dafür gibts immer einen frischen Fisch, viel Fisch. Aber keinen Espresso und keinen Roten. Nein, das gibts da nicht. Herrlich einsam ist es da. So leicht lernst da niemand kennen. Dafür kann man nachdenken, weil alles so weit ist. Unerträgliche Hitze gibts auch keine. Es regnet oft, aber nie dauernd. Und wenns regnet, ist es kalt. Wenns im Süden regnet, ist es warm. Ich war schon im Süden und ich war schon im Norden. Im Norden gfallts mir aber besser. Norwegen, Lofoten. Prost auf die Lofotschafe, den Dorsch, den Seelachs, den Lebertran, die netten Menschen, die knallbunten Häuser, die Rotkappen und die Steinpilz, die engen Kurven, die kurzweilige Sonne, den langweiligen Regen. Prost! Prost auf Peer

Gynt, auf Edvard Grieg, die Trolle, auf Henrik Ibsen und Knut Hamsun. Und den bayerischen Fremdenführer. Der bairisch redt, norwegisch, englisch, französisch und hochdeutsch, wenns sein muss, so wie du. Und auf den Lofoten kennt sich der aus, wie sich die Lofoter nicht auskennen. Braune Locken hat er aufm Kopf und Oberarm wie ein Olympiaschwimmer. Aber leider keinen Schnurrbart, so wie du.

Der Nachbar presste sich einen letzten Schluck in den Kopf. Schenkte mir zum Abschied sein Sturmfeuerzeug für meinen Sohn, wenn ich einen haben sollte und ließ sich schwer in ein Taxi fallen.

Ein paar Bier später setzte ich vorsichtig Turnschuh vor Turnschuh. Dachte mir, dass ich das Sturmfeuerzeug auf gar keinen Fall meinem Sohn, dem Fremdenführer auf den Lofoten schenken werde, weil der nicht rauchen soll mit seiner frischen Lofotlunge.

Daheim hab ich noch ganz lang meine Wohnungstür offen glassn. Weil so ein Streit mit der Frau braucht seine Zeit, bis er aus der Tür geht.

Mein Freund Stocki

Stocki ist mein ältester Freund.

Wir kennen uns seit der ersten Erregung
zwischen den Schamhaaren.

Seine Tochter ist jetzt zweifache Weltmeisterin
im Schwimmen.

Stocki und ich waren oft im Schwimmbad.

Da haben wir Kicker gespielt
und den Mädchen von oben in den Badeanzug
gschaut.

Eine Weltmeisterin war da nie dabei!

Wir waren aber auch keine guten Schwimmer.

Untergegangen sind wir trotzdem nie.

Stockis Tochter ist jetzt zweifache Weltmeisterin.

Wir zwei werden nie mehr Weltmeister.

Nicht im Schwimmen und auch sonst wo nicht.

Wir wollten auch nie täglich trainieren.

Jetzt schinden wir uns schon genug beim
täglichen Roten.

Wenn wir uns vor fremden Menschen
nackert ausziehn, erregen wir Mitleid.

Stockis Tochter bekommt schon
für halbnackerte Fotos Geld.

Sie ist auch zweifache Weltmeisterin im
Schwimmen.

Mir gfallt am Stammtisch schon,
dass ich eine zweifache Weltmeisterin persönlich
kenn.

Irgendwie ists ja auch schön,
dass ma eine Weltmeisterin kennen darf,
ganz ohne Training,
ganz einfach so.

Gültet nicht

Wennsd stirbst,
stirbst entweder zfrüah
oder zpät.

Grod jetzt,
allerdings waars für mi bläd,
weils nimma zufrüah
und no net zpät.

Mittendrin hoid!

Und dees gültet nicht!

Die alten Damen

Vor über fünfzig Jahren zogen sie in
das letzte Haus am Ende der Kistlerhofstraße.

Von ihrem Küchenfenster aus schauten
Sie auf grüne Wiesen und Schafe.

Von ihren Wohnzimmerfenstern aus
konnten sie das dunkle Band
des Forstenrieder Parks erkennen.

Beide waren verheiratet
und hatten noch keine Kinder.

Die eine bekam nach langen Nächten
eine Tochter.

Die anderen bekam nach noch längeren
Nächten einen Sohn.

Der Mann der einen starb irgendwie zu
früh.

Der Mann der anderen lebte lang,
irgendwie zu lang, denn im Irgendwie
zu lang nahm er sich noch eine
Geliebte.

Als der Mann der anderen auch
gstorben war, kamen beide Damen auf den Hund.

Die eine auf einen Dackel,
die andere auf einen Terrier.

Die Tochter der einen wurde Ärztin
und heiratete einen Arzt.

Der Sohn der anderen wurde auch Arzt
und heiratete eine Heilpraktikerin.

Die beiden Damen können hundert
Jahre alt werden.

Das ehemals letzte Haus in der
Kistlerhofstraße ist jetzt nicht mehr das
letzte Haus in der Kistlerhofstraße.

Von ihrem Küchenfenster aus schauen
die Damen jetzt auf einen Gewerbehof,
ein Hotel und eine Waschanlage.

Von ihren Wohnzimmerfenstern aus ist
der Forstenrieder Park unsichtbar hinter
Wohnblocks verschwunden.

Die eine Dame wohnt im ersten Stock,
die andere im zweiten.

Der Hauseigentümer würde ihr Haus
gerne abreißen. Verständlich, dass er
einen Wohnblock bauen möcht.

Die Dame im zweiten Stock hat aber
ein lebenslanges Wohnrecht.
Verständlich, dass sie nicht auszieht.

Die Dame vom ersten und die vom
zweiten Stock treffen sich täglich auf
einen Cognac.

Da sagt die Dame vom ersten Stock zu
der Dame vom zweiten Stock: Dass du
mir fei nicht stirbst.

Und da lächelt die Dame vom zweiten
Stock und sagt, dass doch ihre Tochter
Ärztin wär.

Da lächelt die Dame vom ersten Stock auch und denkt daran, dass ihr Sohn doch Arzt ist.

Dann stoßen die beiden Damen kichernd mit ihren Cognacgläsern an und beschließen hundert Jahre alt zu werden und der Hauseigentümer denkt über das Ende seines Lebens nach.

Der Dackel und der Terrier sind übrigens schon lang tot.

Wenn die Damen außer Rand und Band sind, trinken sie noch einen Cognac und reden über Männer.

Und die vom ersten Stock fragt die vom zweiten Stock, ob sie wüsst, warum die Frauen immer so kalte Hände und Füße haben, wenn sie mit einem Mann ins Bett steigen.

Weil, antwortet die Dame vom zweiten Stock, bei heißen Händen und heißen Füßen die Männer sofort lichterloh brennen würden und sie dann nichts mehr von ihnen hätten. Die Abkühlung habe die Natur verordnet.

Und herzhaft lacht die Dame vom ersten Stock und sagt Prost und: Stimmt.

Um das ehemals letzte Haus in der
Kistlerhofstraße tobt jetzt das Leben im
Gewerbehof, im Hotel, der
Waschanlage und den Wohnblocks.

Die alten Damen lächeln mit ihren
verwelkten Gesichtern, haben in ihrem
Leben vielleicht was versäumt,
vermissen jetzt aber nichts mehr und
nehmen noch einen Cognac,
damit sie gut schlafen können
und träumen von langen und längeren
Nächten.

Morgen besuche ich die alten Damen
wieder und wir werden über kalte Hände
und Füße reden und sie werden mir
cognacselig erzählen, wie es war,
als ihre Hände und Füße noch heiß wurden,
irgendwann in den langen und längeren
Nächten.

Schad, dass die alten Damen für mich
zu alt und ich ihnen zu jung bin:

Für kalte Hände und kalte Füße
am Anfang.

Wiesn – auf gar keinen Fall

Er ist mein bester,
aber nicht mein ältester Freund.

Und mein bester Freund sagt im Januar zu mir,
dass er heuer auf gar keinen Fall auf dWiesn geht
und dass ich auf gar keinen Fall für ihn
und seine vielen Freunde einen Platz reservieren
müsst –
weil im letzten Jahr musste ich für ihn noch einen
Platz ergattern, einen Tag vor dem Tag an dem er
den Platz für sich und seine vielen Freunde brauchte,
wie die letzten zwanzig Jahre auch.

Im Februar ist er noch der gleichen Meinung.

Im März hab ich nachgfragt,
irgendwo beim Skifahrn im sulzign Schnee,
und er hat mich angift und: Nein,
auf gar keinen Fall gsagt.

Im April haben wir uns nicht gsehen.

Im Mai fragte ich ihn dann doch, ob er
vielleicht auf dWiesn gehen würde.

Da hat er gsagt, und als Arzt muss er das ja wissn,
dass er noch vom letzten Jahr Kopfweh hätt.

Im Juni hab ich gar nicht mehr
gfragt, ob überhaupt jemand auf dWiesn gehen will.

Im Juli wollt er immer noch keinen Platz
reserviern, weil ihm die ganze Gschicht vom
letzten Jahr noch zu teuer war.

Im August haben wir nicht viel miteinander
gredt, weil ihm die Gsundheitsreform der
Regierung gnervt hat.

Im September hab ich letztmalig nachgfragt
und da ließ er mich dann wissen, dass bleibt,
wias is.

Sie können sich natürlich denkn,
wie die Sache ausgangn is.

Als der Hendl- und Bratwurstduft über München
zog, die Menschen die U-Bahnen verstopftn,
die Makrelen gegrillt wurdn, die Fischsemmeln
schmecktn, die Leute aus aller Welt da warn,
die Bierfahnen wehtn, die Geisterbahn gruselte
und der FC Bayern sein Heimspiel gewann,
da rief er mich dann an und meinte,
dass ichs vielleicht doch versuchn sollt,
und das hab ich dann gmacht,
knirschend, fluchend, grantig.

Hab ihn einen krummen Hund gheißen,
und nach der dritten Mass umarmt.

Und da hat er mir,
das erste Mal seit zwanzig Jahren,
einen Zettel in die Hand druckt
mit den Terminen für die Platzreservierungen

für die nächsten zwanzig Jahr.
Dass wir in den nächsten zwanzig Jahrn sterbn,
ist damit auf gar keinen Fall möglich.

Übrigens hat er mich am letzten Wiesntag
angrufen und gsagt, dass er noch einen Platz für
mich frei hätt.

Da bin ich natürlich hin.

Wegen Überfüllung bin ich aber nicht
hineingekommen, in die Ochsenbraterei.

Hab dann draußen eine Maß trunkn
und mir gwunschen, dass mein bester Freund
morgen Kopfweh hat.

Das linke Knie

Die Schmerzen begannen im linken
und nicht im rechten Knie. Das war für
mich als ehemaligen 68er ganz
selbstverständlich. Keine Frage,
Schmerzen im rechten Knie hätten
mich durchaus irritiert. Ich hatte auch
noch nie gehört, dass Rechte
Schmerzen in linken Knie haben.
Rechte haben Schmerzen im rechten
Knie und Linke im linken.

Als die Schmerzen im linken Knie selbst beim Radlfahren unerträglich wurden, suchte ich einen Arzt in meinem Alter auf. Ein jüngerer Arzt hätte mich nicht verstanden, ein älterer mich nicht verstehen können.

Selbstverständlich musste der Arzt auch ein ehemaliger 68er sein und grauhaarig. Wegen der Arztgebühren sollte er auch nicht schon zum dritten Mal verheiratet sein. Ich fand diesen Arzt meines Vertrauens in der Prinzregentenstraße.

Im überfüllten Wartezimmer musste ich als Privatpatient nicht warten.
Die Sprechstundenhilfe trug einen Betonbusen. Ihr Ausschnitt vergrößerte meine Augen. Sie war unerreichbar jung.

Der Arzt, geschieden, alleinerziehender Vater einer erwachsenen Tochter, elegant und grauhaarig, schickte mich zum Kernspin. Danach stellte er einen tadellosen Blutdruck und Verschleißerscheinungen im linken Knie fest. Das rechte Knie untersuchte er als ehemaliger 68er nicht. Er empfahl eine unausweichliche Operation. Der unerreichbare Betonbusen schrieb in Schönschrift den Operationstermin auf ein weißes Blatt

Papier. Ich war glücklich. Wer bekommt beim ersten Arztbesuch schon sofort einen Operationstermin. Die Welt war in Ordnung.

Schmerzvoll
hinkte ich zur Bushaltestelle.

Gell, sie wern operiert, quallte mich dort eine ältere Dame an. Irritation kroch in mein linkes Knie. I hob ois ghört, schnarrte sie unerfreulich weiter. As linke Knia, gell!

Fassungslos starrte ich auf die unerreichbare Alte. Oba i sogs eahne glei, i bin vom Herrn Dokta aa am linkn Knia operiert worn und gnutzt hods nix. Jetzt duadmas linke und as rechte weh. Sie hob ihren dicken Wollrock nach oben, meine vergrößerten Augen erblickten kasweiße ausgetrocknete Haxen und eine rote Operationsnarbe. Ich sagte Danke und sie sagte Bitte und hinkte schmerzglücklich davon.

Im linken Knie hab ich keine Schmerzen mehr. Aber das rechte macht mir schon Sorgen.

Alte Männer füttern keine Enten

Wenn die alten Frauen Enten füttern,
leben die alten Männer nicht mehr.

Die alten Frauen waren amal
junge Frauen
und fütterten keine Enten.

Die jungen Männer suchten sich amal
junge Frauen und die jungen Frauen
bekamen Kinder.

Männer bekommen keine Kinder,
höchstens Töchter und Söhne.

Wenn Frauen Kinder haben,
bekommen sie immer noch Männer.

Männer bekommen auch Frauen,
aber keine Kinder.

Wenn Männer Kinder bekommen könnten,
würden sie als alte Männer Enten füttern.

Aber alte Männer füttern keine Enten.

Die alten Männer sind tot,
wenn die alten Frauen Enten füttern.

Das nächste Mal
möchte ich eine Frau werden,
einen jungen Mann haben
und wenn er dann tot ist,
Enten füttern.

Katzen

Mein Nachbar mag keine Katzen.

Mein Nachbar ist ein guter Mensch.

Mein Nachbar nahm für kurze Zeit
zwei Katzen in Pflege.

Mein Nachbar pflegt die Katzen jetzt
ein Jahr.

Mein Nachbar füttert die Katzen
zweimal am Tag.

Mein Nachbar reinigt täglich das
Katzenklo.

Mein Nachbar saugt täglich
Katzenhaare.

Mein Nachbar geht seit einem Jahr
nicht mehr in Urlaub.

Mein Nachbar zahlt Katzenimpfungen
und die Eigentumswohnung ab.

Mein Nachbar sitzt auf dem Stuhl und
die Katzen schnurren auf der Couch.

Mein Nachbar hat Freunde mit einer
Katzenallergie.

Mein Nachbar bekommt keinen Besuch mehr.

Mein Nachbar hat seit einem Jahr zwei Katzen.

Mein Nachbar ist ein guter Mensch.

Mein Nachbar hat mich gfragt, ob ich für kurze Zeit zwei Katzen in Pflege nehmen möchte.

Mein Nachbar war heuer einen Monat in Australien.

Meine Katzen schauen sich einen Tierfilm über Australien an.

Ich war seit einem Jahr nicht mehr im Urlaub.

Mein Nachbar hat jetzt eine Katzenallergie.

Meinen Katzen ist das wurscht.

Ich füttere meine Katzen zweimal am Tag.

Ich reinige das Katzenklo.

Ich sauge täglich Katzenhaare.

Ich bekomme keinen Besuch.

Meinen Katzen ist das wurscht.

Ich suche einen Nachbarn, der ein guter
Mensch ist.

Jammerland Deutschland

Haben sie heute schon gejammert?
Nein!
Sie sollten aber jammern.

Jammern sie darüber,
dass die Vorstände der großen Banken
zehn Millionen Euro im Jahr verdienen.

Jammern sie darüber,
dass der türkische Straßenkehrer ihren
Job bei der Computerfirma gefährdet.

Jammern sie darüber,
dass eine Putzfrau mehr Steuern zahlt
als Siemens, BMW und Münchner
Rück zusammen.

Jammern sie darüber,
dass ein Manager 15 Millionen Euro
Abfindung erhält, wenn er sein
Unternehmen endgültig an die Wand
gefahren hat.

Jammern sie darüber,
dass den Typen in den Ministerien die
Ministerialzulage noch nicht gestrichen
worden ist, der Putzfrau aber der Essens-
zuschuss von einem halben Euro pro Tag.

Jammern sie darüber,
dass ihr Zahnarzt jetzt 25 Prozent
weniger verdient. Fragen sie ihn aber
bitte nicht, was er vorher verdient hat.

Jammern sie darüber,
dass sie am Tag von drei verschiedenen
Ärzten dreimal geröntgt werden.

Jammern sie darüber,
dass es den Franzosen und Italienern
noch schlechter geht als uns,
denen aber die Fähigkeit zum Jammern
abgeht.

Jammern sie bitte darüber,
dass nichts vorwärts geht und machen
sie deswegen auch nichts.

Jammern sie, jammern sie.

Jammern sie darüber,
dass sie ihrem einjährigen Enkel noch
keine Eigentumswohnung kaufen
konnten.

Jammern sie darüber,
dass die Penner keine Eigentumswohnung
haben wollen, sondern nur ein paar Euro
für eine Flasche Schnaps.

Jammern sie darüber,
dass sie nicht unsterblich sind,
sie Arschloch.

Jammern sie, jammern sie.

Jammern sie über jeden Stau,
jeden entzündeten Zahn.

Jammern sie über das Radioprogramm
und hören sie Bayern 1.

Jammern sie über das Fernsehprogramm und
schalten sie es auf gar keinen Fall aus.

Jammern sie, jammern sie.

Wenn sie nicht jammern, fehlt ihnen
nämlich was.

Ich möchte aber,
dass es ihnen gut geht.

Also: Jammern sie.

Keine Ahnung

Da haben mich welche gfragt,
wies weiter geht.

Keine Ahnung.
Bin bloß ein Dichter.

Grad ein Dichter müsst wissen,
wie es weiter geht.

Bin doch nicht der liebe Gott,
fragts doch den.

Den hättns schon gfragt.
Der täts aber auch nicht wissen.
Keine Ahnung hätt der.

Also, sag ich:
Auf jeden Fall gehts weiter.
Vielleicht sogar dorthin.

Aber wo ist dort?

Ja, irgendwo halt.

Und wo ist das?

Irgendwo dort im Nirgendwo,
vielleicht.
Vielleicht auch da drüben.

Wo ist da drüben?

Dort irgendwo nirgendwo drüben oder
herüben. Oder doch dort. Dort, irgendwo, nirgendwo,
drüben, herüben.

Leck mich doch am Arsch, du Dichter.
Das geht ja drunter und drüber.

Da könnte es natürlich auch hingehn.

So is

Zerst is da Sohn auszong.
Dann is Tochter auszong.
Dfrau ziagt grod aus.

I hock ozong
in da halblaarn Wohnung.

Irgendwo tropft scho
jahrelang a Wassahahn.

Heit reparier en.

Versichert

Ich hab jetzt:
Eine Krankenversicherung,
eine Lebensversicherung,
eine Kfz-Versicherung,
eine Haftpflichtversicherung,
eine Rechtsschutzversicherung,
eine Versicherung gegen Sturm und Hagel,
eine Diebstahlsversicherung fürs Radl,
eine Brandversicherung,
eine Versicherung gegen
Gewässerschäden,
eine Transportversicherung,
eine Rentenversicherung

und jetzt gar
eine Sterbeversicherung.

Möcht ja nicht wie mein Nachbar
aufm Friedhof landen.

Der hat immer gspart und gmeint,
dass sich eine Sterbeversicherung nicht
rentiern tät.

Sitzungen

Sitzungen ham diese magische Kraft
der Unabkömmlichkeit,
der Wichtigkeit,
den Charakter von Entscheidungsschlachten.

Wenn ich im Büro sag,
dass ich in eine Sitzung geh,
nicken meine Mitarbeiter ehrfurchtsvoll begeistert
und bedauern mich.

Wenn ich daheim sag,
morgen muss ich in eine Sitzung,
hat selbst meine Frau mit mir Mitleid.

Und die Kinder umarmen mich
und sagen: Armer Papa.

Wenn ich zu spät zum Stammtisch komm,
schrein alle ganz laut: Sitzung ha, du arme Sau.

Und wenn ich zu einer Verabredung hechel
und schweißgebadet Sitzung hervorstoße,
legt die Dame gleich ihre Hand beruhigend auf
meinen Unterarm.

Bei Sitzungen unterscheidet man ja nicht zwischen
wichtig und unwichtig.

Sitzung ist Sitzung.

Meistens sind sie langweilig und noch öfter überflüssig.
Aber, was wäre ein Mann ohne Sitzungen.

Eine Sitzung ist die schönste Ausrede der Welt.

Ich mag trotzdem keine Sitzungen.

Nein, halt, das ist gelogen.

In der Früh, die Sitzung mit der Zeitung,
die lieb ich.

Da bin ich endlich unabkömmlich, wichtig,
hab mein Erfolgserlebnis.

Das ist jeden Morgen eine Entscheidungsschlacht.

Vorbei

Keine Ahnung von
Merchandising,
Fundraising,
Benchmarking,
Sponsoring,
Ranking,
Banking,
Controlling
und
Facility Management
ghabt.

Einfach garbat.

Norwegen

Wenn ich an Norwegen denke,
regnet es.

Nein,
es regnet nicht.
Es schüttet.

Die Norweger können eigentlich gar keine so
schlechten Menschen sein,
dass der Himmel über ihnen so weinen muss.

Und die Beduinen der Wüste können gar keine so guten Menschen sein!

Nach drei Wochen Norwegen
fotografiere ich keinen bestiegenen Berg mehr,
keinen mit dem Angelboot befahrenen See,
keinen mit der Fähre durchkreuzten Fjord,
keinen durchwateten Fluss,
keinen fassungslos bestaunten Wasserfall,
keinen mit Leichtigkeit gefangenen zappelnden Dorsch,
keinen der bis ans Knie reichenden wurmlosen Steinpilze,
nicht amal die gute Salzluft fotografiere ich.

Ich kann soviel Natur nicht mehr ertragen.

Ich will nach Italien.
Braun werden.
Wein trinken.

Und nicht wie in diesem Norwegen
kein Bier trinken.

In diesem Norwegen,
wo die Kinder selbst im Regen schaukeln
und dazu lachen.

In diesem Norwegen,
wo die Norweger grad so tun,
als würde immer die Sonne scheinen.

Heute schüttet es wieder.

Dunstig grau hängen die Wolken über dem Fjord.
Irgendeine Aussicht auf Besserung ist aussichtslos.
Der Regen prasselt mir ins Gemüt.
Dieses Norwegen kannst eigentlich
nur als Norweger aushalten.

Wenn ich jetzt ein Norweger wär,
würde ich mein Regenzeug anziehen
und hinaustappen in diesen vom Himmel
stürzenden Wasserfall.

Und ich tappe hinaus.

Über den Wolken scheint bestimmt die Sonne.

Super, dieses Land.

Tagebuchnotizen

An einem Tag:

Dieser Norweger schaut aus wie ein Norweger
in seinem Norwegerpullover.

Sagt: Hi!

Sagt,
dass er schon amal in Hamburg war.

Als Seemann.

Shit-Job.

Sag ich,
dass ich aus München bin.

Oktoberfest, sagt er.

Sag nix mehr.

Schaut mich der Norweger
in seinem Norwegerpullover an,
ob ich ausschau wie ein Deutscher.

Ist sich dann nicht sicher,
wegen meinem Schnurrbart,
und fragt mich lieber,
ob ich auch schon in Rente bin.

Die Frage hätt er sich sparen können.
Irgendwie verwechselt der meine Lachfalten
mit seinen Falten.

Ich schon in Rente!
Lachhaft.
Bin in der Blüte meiner Jahre.
Fang erst in hundert Jahren an zu welken.

Zum Abschluss der Begrüßung
sagt der Norweger,
dass man auf dieser Insel sehr gut leben
könne.
Verbrechensquote null.
Dreißig Einwohner.

Aber in Oslo,
mit seinen 600.000 Einwohnern,
da wär der Teufel los.

Wie viele Einwohner wohl München hätt?

Zweimal so viel, sag ich, bestimmt.

Shit, sagt der Norweger
und haut mir auf die Schultern,
als wär ich die ärmste Sau auf der Welt.

An einem anderen Tag:

Ein alter Norweger schiebt sein Radl.

Ich zeig ihm meine Wanderkarte und frag ihn
nach dem Weg.

Er schaut auf die Wanderkarte,
zeigt auf einen Ort,
an dem wir auf gar keinen Fall sein können,
und sagt, dass er da geboren ist.

Nett, wollt ich aber nicht wissen!

Und dann zeigt er auf den Ort,
wo ich hinwandern möchte und sagt,
dass von da aus die Norweger
nach Schottland geflohen sind,
im Zweiten Weltkrieg.

Hab ich nicht gewusst.

Dann lehnt er sein Radl an eine Birke.
Stapft mit mir über moosigen Boden zum Waldrand.
Da steht ein Schild:
Skagneset.

In Skagneset steht eine unscheinbare
Erinnerungstafel. Von hier aus flohen
während des Zweiten Weltkriegs die
Norweger auf kleinen Booten nach
Schottland.

Vor wem wohl!

Noch ein Tag:

Als erstes fragt mich der Vermieter,
ob ich auch schon in Rente bin.

Kruzitürken,
denk ich mir,
gehen die Norweger mit fünfzig?

Jedenfalls ist der Tag versaut.

Dann gibt mir der Norweger
den Hausschlüssel.

Sagt, dass es in Arnafjord
erst seit 1972 Hausschlüssel gibt.
1972 kam die Straße und die bis dahin
unbekannten Hausschlüssel.

Der norwegische Rentner sagt das ganz
vorwurfsvoll.

Meint aber nicht mich,
mein ich.

Als ich am ersten Tag keinen
Fisch fange, bringt er mir welche.
Ich frag ihn,
ob ich lieber in der Früh oder lieber am Abend
angeln soll.

Er zuckt mit den Schultern:
Fishing time is 24 hours a day.

Am nächsten Tag fange ich mittags
zwei Makrelen, zwei Heringe und einen Dorsch.

Fishing time.

Am übernächsten Tag fange ich mittags nichts,
aber am Abend.

Am Tag nach dem übernächsten Tag
fange ich am frühen Morgen drei Seelachse.

Kenn mich nicht mehr aus.

Irgendwann frage ich den norwegischen Rentner,
ob er in die Schwammerl geht.

Weil er nein sagt, geh ich.

Ich komme mit einigen Kilo Steinpilzen zurück.

Sagt dieser Norweger: Ganz normal.

Ich kenne mich nicht mehr aus.

Ich esse drei Wochen lang Fisch und
Schwammerl.
Bin ganz stolz.

Zum Abschied meint mein Norweger,
dass er gerne einmal aufs Oktoberfest fahren
würde. Er möchte unbedingt amal eine riesige
Schweinshaxn essen.

Ich lade ihn ein.

Er sagt,
dass er dann Fisch und Schwammerl mitbringen
tät.

Ich freu mich auf den Norweger.

Neugierig bin ich,
ob er seinen Hausschlüssel mitbringen wird,
oder ob er ihn an den Türpfosten hinhängt,
wie immer seit 1972.

Schweden

Die Schweden haben viel Platz
und nur gerade Straßen.

Jeder Schwede hat ein buntes Ferienhaus
und davor eine schwedische Fahne am Mast.

Die schwedischen Autos können
keine Kurvn fahrn.

In den schwedischen Fischläden
gibt es norwegischen Lachs.

In Schweden gibt es keine Mountainbikes.

Die Radln haben eine Dreigangnabenschaltung,
einen Gesundheitslenker und heißen Monark.

Die Radler tragen trotzdem einen Fahrradhelm.

Die Schweden sind nicht wie die Italiener.

Sie reden nur, wenn sie gfragt werden.

Die Schweden sind wie wir.

Die Schweden haben zwei Meere und
saubre Strände.

Eine einzige Plastikfalsche lag herum.
Darauf stand: Nivea Creme.

Schnaken habe ich drei Wochen lang gesucht.

Den meisten Lärm machen die Vögel.

Die Fische beißen pausenlos und stumm.

Manche Schweden saufen bis zum Verlust
der Muttersprache.

Die Schweden sind wie wir.

Früher waren sie Wikinger.

Jetzt segeln sie mit weißen Schiffen
und weißen Segeln.

Die jungen Schweden leben in den Städten.

Die alten Schweden gehen angeln
oder suchen Schwammerl.

Die Ostsee ist fad wie der Bodensee.

Die Nordsee ist keine Mordsee.

Viele Schweden sprechen deutsch.

Die Bodenwelle heißt in Schweden:
Farthinder.

Die Schweden sind Weltmeister im Rasenmähen.

Die Engländer wissen das noch nicht.

Nicht alle schwedischen Mädchen sind blond
und nicht alle Schweden sind Hünen. Schade!

Die Schweden exportieren gern Rüstung
und die Norweger verleihen den
Friedensnobelpreis.

Ingmar Bergmann kennt in Schweden jeder.

Astrid Lindgren wohnte in Stockholm
und nicht in der Villa Kunterbunt.

Die Schweden haben eine deutsche Königin
mit einer brasilianischen Mutter.

Die Schweden grillen, wo sie gehn und stehn.

Die Kormorane haben dicke Fischbäuche.

In jedem schwedischen Wohnzimmerfenster
steht eine brennende Lampe.

Die Lampe begrüßt die Fremden.

Grüß Gott Schweden,
ich mag dich.

Carcans Plage

Ich fahr mit dem grünen Golf,
147- tausend Kilometer hat der auf dem
Buckl, von Carcans nach Carcans Plage.

Meine Tochter sitzt neben mir.

Nett wie immer.

Hinter mir keucht plötzlich ein Blaulicht
auf einem roten Rettungswagen.

Ich weiche aus.

In Carcans Plage lädt mich meine Tochter
auf ein Bier ein.

Nett und ungewöhnlich.

Wir sitzen in der warmen Sonne.

Meine Tochter ist hübscher als alle Töchter
dieser Welt.

Ich bin dagegen, dass ich mich da irre.

Der Ober schwänzelt jedenfalls gnadenlos.

Nach dem ersten Schluck entdecke ich den
Rettungswagen wieder.

Grad gegenüber.

Die Rettungssanitäter drücken auf einen
Brustkorb.

In ihren Gesichtern ist Erschöpfung.

Sie drücken immer wieder.

Ich nippe an meinem Bier.

Meine Tochter ist gnadenlos hübsch.

Der Ober schwänzelt.

Meine Tochter merkt es nicht.

Die Rettungsmänner drücken verzweifelt auf
den Brustkorb.

Meine Tochter zahlt mir noch ein Bier.

Ich möchte wegschaun und kann es nicht.

Da stirbt in Frankreich vielleicht ein Mensch
und mein Golf hat 147-tausend Kilometer
heruntergeradelt.

Ich zünde mir eine Gauloise an.

Ob ich auch amal so sterbe?

Am Atlantik, vor einem Lokal,
wo einer Bier trinkt und raucht.

Ein Rettungshubschrauber schwebt ein.

Wirbelt Staub in mein Bier.

Die Rotorblätter ergeben sich matt.

Der Notarzt koffert schnell.

Elektroschocks.

Der Brustkorb bebt.

Hoffentlich sterb ich amal vor meiner Tochter.

Der Rettungshubschrauber schwebt davon.

Der Mann wird in eine schwarze Plastiktüte
verpackt.

Irgendwie ist das so endgültig.

Irgendwo wird bald jemand weinen.

Heut Abend gibt es Moules mit Pommes
frites.

Was er wohl gegessen hat, zum Schluss.

Ich drücke die Hand meiner Tochter.

Und der Atlantik tut so,
als ob ihn das alles nichts anginge.

Rauscht,
Welle um Welle.

Meine Tochter zahlt mir noch ein Bier.

Italien - In den Marken

Die Hitze flimmert taumelig
über den braunen Hügeln.

Der Mähdrescher wartet
matt im Schatten.

Die Lerche schluckt stimmlos
mit trockenem Mund.

Der Frosch im Gartenteich
fängt die Fliege nicht.

Jeder Schritt ist Schweiß.

Jeder Schritt sucht Schatten.

Das Meer ist badewannenwarm.

Bleischwer schleppe ich mich
zum Mittagsschlaf.

Ich wollte in den Marken radeln.

Der Radsattel ist unerreichbar hoch.

Schlaf finden ist Schwerstarbeit.

Ein Glas Rotwein hilft.

Der Mähdrescher rattert um Mitternacht.

Da sagten sie immer: De Itaker san faule Hund.

Ich schaukle in der Hängematte.

Morgen soll es noch heißer werden.

Urlaub im Schatten.

Der freundliche Ober stolpert lächelnd
über mein Italienisch.

Ich sage ihm, dass er gut Deutsch spricht.

Er freut sich schweißperlend.

Die gegrillten Sardinen haben ausgelebt.

Mein Radl steht abgesperrt
vor der Trattoria.

Der Sattel ist zu hoch.

Ich bestelle noch einen Roten.

Der Ober setzt sich zu seinem einzigen Gast.

Meint, dass in Schwabing jetzt wunderbar wär.

Erzählt von Schwabing.

Da muss es wirklich schön sein.

Isma noch gar nicht so richtig aufgfalln.

Nürnberg

Da erinnere ich mich genau an die
vielen Allmächts meiner Tante.

Da erinnere ich mich auch an die
molchbewohnten kaulquappenvollen
Bombentrichter hinter den Neubauten.

Da erinnere ich mich heftig an die
Geleise der Straßenbahn, die ich
als Radlfahrer vom Land so hasste.

Da erinnere ich mich schwach aber doch
an die vielen schwarz-roten Fahnen und
irgendwie an ein 1:1 gegen Benfica
Lissabon
und an meine schweißnassen Hände.

Da erinnere ich mich an die
kurzberockten rotmundigen Frauen hinter einer
Mauer und meine Angst vor überquellenden
Busen.

Da erinnere ich mich gedankenschleirig an die
erste Beerdigung und den in die Weite
gerichteten Blick meines Vaters an einem offenen
Grab.

Da erinnere ich mich an die Rock-Band Jonah
and the Wales und
zerschmetterte E-Gitarren.
Die Stones waren ein Dreck dagegen.

Da erinnere ich mich dankbar an die
verheiratete Frau, welche handsanft
über meine jungfräulichen Oberschenkel
strich und dazu ihren Roten trank.

An was ich mich aber am liebsten erinnere,
trau ich mir fast gar nicht zu sagen:

Es ist der Geruch dieser Bratwürste,
diesen Nürnberger Bratwärscht.

Allmächt na!

Waidhaus

Wer kannte früher schon Waidhaus.
Keiner kannte Waidhaus außerhalb von Waidhaus.
Jetzt kennt man Waidhaus auch außerhalb von Waidhaus.
Grenzübergang Waidhaus: Für LKW sechs Stunden Wartezeit.

Ich kannte dieses Waidhaus von früher. Ein LKW-Stau wäre unmöglich gewesen, und ein PKW-Stau noch unmöglicher. In Waidhaus hätte es auch keinen Fahrradl-Stau geben können.

In diesem Waidhaus von früher haben sich Fuchs und Hase Gute Nacht gesagt, ohne sich näher zu kennen. Aber, jetzt kennt man dieses Waidhaus natürlich: Grenzübergang Waidhaus, sechs Stunden Wartezeit.

Und früher: Früher war es in Waidhaus kälter als anderswo, weil ich mir in Waidhaus die Ohren abgefroren hab. Früher war es in Waidhaus heißer als anderswo, weil ich bei der Heuernte einen Hitzschlag bekommen hab. Im Frühjahr müssen die Vögel lauter gesungen haben als anderswo auf der Welt, weil ich den Vogelgesang noch heute im Ohr hab und im Herbst muss alles bunter gewesen sein als irgendwo auf der Welt, weil die lodernden gelbroten Farben noch immer vor meinen Augen tanzen.

Zwischen dem Ort Waidhaus und dem ein wenig außerhalb liegenden Weiler Pfälzerhof befand sich ein stillgelegter Steinbruch. Dahinter wölbte sich freundlich hügelig eine Heidekrautwelt mit stolzen Haselnussstauden, weinerlichen Weidenbüschen und wasserklaren Tümpeln mit Bergmolchen, die angeberisch ihre roten Bäuche zeigten und die quakgeilen Frösche mit ihren zickigen Weibern verachteten. Die Eidechsen fingen die Fliegen bis zur Fettleibigkeit, die Kreuzotter mit ihrem dunklen Zickzackband auf dem Rücken vernaschte eingerollt gierig Sonnenstrahlen und der Eichelhäher krächzte wie immer völlig sinnlos aufgeregt in der einzigen einsamen Fichte.

Eine überschaubare Welt, meine Welt, unsere Welt, in der außer mir nur noch der Heini und der Rigobert lebten und im Sommer, jeden Donnerstag, zwei Menschen, die wir nur vom Sehen her kannten.

Sie kam immer mit einem alten schweren Damenrad, über das schon gierig der Rost hergefallen war. Er kam immer mit einem Gogomobil, rotweiß lackiert, und unschuldig bläulich-rußig aus dem Auspuff qualmend. Meistens kam sie zuerst, versteckte ihr Rostradl hinter einer Haselnussstaude und lief zum Tümpel mit den angeberischen Bergmolchen und den quakgeilen Fröschen. Der Tümpel lag versteckt, von Weiden umgeben. Am ostseitigen Ufer des Tümpels wuchs eine kräftige Wiese, saftig grün und blumenbunt. Auf einem Grashalm kauend wartete sie auf ihn mit ihrem mondrunden blassen

Gesicht und dem weiten Rock und der engen busenvollen Bluse.

Er hatte ein gelbes Gesicht, einen alten Kopf, alte Haare, einfach einen alten nach vorne gebeugten Körper, der auf alten Haxen über das Heidekraut stelzte. Der Alte schnaufte tief, als er vor dem weiten blauen Rock stand.

Ich erinnere mich gut, wie er wortlos die Hose aufknöpfte, diese an schlottrigen Beinen zu Boden rutschte und er dann in dem blauen Rock mit den gespreiztn weißen Schenkeln versank.

Der Heini, der Rigobert und ich staunten darüber im Sommer jeden Donnerstag aufgeregt und wortlos. Klappten anschließend die Latze unserer Lederhosen zu und genehmigten uns ein paar schwindelerregend tiefe Züge Judenstrick.

Der Nikolo

Da ich es nicht mehr weiß, muss ich halt jetzt behaupten, dass es der 6. Dezember 1954 war, als mich und meine damals vielleicht einjährige Schwester der Heilige Nikolaus und sein Spezi, der Krampus, heimsuchten.

Wir wohnten damals, wenn es wirklich stimmt, aber ich glaub, dass es stimmt, in einem Holzhaus am Dorfrand von Eslarn, ganz nah an der böhmischen Grenz, mit dem unüberwindbaren Grenzübergang Tilly Schanz. Damals war dieser kalte Krieg zwischen Ost und West und die Ostler und die Westler haben sich peinlich genau daran gehalten.

Das Holzhaus war eine saumäßig zugige Baracke und als am 6. Dezember 1954 der böhmische Wind eiskalt herüber pfiff, musste meine Mutter vor dem Zubettgehen mit einem kleinen Beserl den Schnee von der Bettdecke kehren.

Da presste also dieser eiskalte Wind Schnee durch die Ritzen des Hauses, mein Vater hörte Pfeife qualmend Radio, meine Mutter brutzelte die von mir heiß geliebten Kalbsbratwürste, meine Schwester war unter dem Tisch eingeschlafen, ihre zerfranste Puppe im Arm, und der kohlrabenschwarze Schäferhund Benno lag behaglich ausgestreckt neben dem bullernden Holzofen. Der ebenfalls kohlrabenschwarze Kater Peter hatte sich vor dem Benno eingerollt, schnurrte in selbstgefälliger Zufriedenheit vor sich hin und wusste von Nix am meisten, vor allem war ihm völlig unbekannt, dass heute der Nikolaus mit dem Krampus Rupprecht kommen würde. Ich wusste das schon und konnte mich vor ängstlicher Aufregung nicht entscheiden, ob ich mit dem amerikanischen Aufziehpanzer spielen oder doch bereits vorsichtshalber ein bisserl flennen sollte. Und so hab ich gar nichts gemacht, außer gespannt dem pfeifenden Wind zuzulusen und auf das Klirren der Ketten vom Krampus Rupprecht zu warten.

Und dann haben tatsächlich diese Ketten an die Tür hingescheppert, dass der kohlrabenschwarze Benno beinahe einen Herzinfarkt bekommen hätte und der kohlrabenschwarze Peter sprang von einem leichten Nervenzusammenbruch verfolgt schnell unter die Couch und blieb da auch den restlichen Abend.

Ich stotterte mit schweißnassen Händen ein Vater-unser herunter, bekam ein paar Nüsse und einen schokoladenen Nikolaus geschenkt und der Besuch vom Krampus und dem Heiligen Nikolaus wäre ohne größere Verluste an Leib, Leben und Tränen prima zu einem glücklichen Ende gekommen, wenn der Krampus mir zum Schluss nicht doch ein Hieberl mit seiner Rute hätte verpassen wollen. Mit dem kohlrabenschwarzen Benno hat an diesem Abend keiner gerechnet, da der grundsätzlich zu faul war, Baracke und Vorgarten wie ein anständiger Hund zu verteidigen und Fremde bellend und zähnefletschend zu vertreiben. Aber an diesem 6. Dezember 1954 war der Hund Benno ganz Hund und hat den Krampus am Arm gepackt, dass es eine wahre Freude war. Der Heilige Nikolaus hat sein heiliges Buch fallen lassen, dem Krampus seine Rute ist durch die Küche geflogen, die Mutter ließ diese wunderbaren Bratwürste anbrennen, meine Schwester hat erbarmungswürdig zum Plärren angefangen und mein Vater verpasste unserem Benno einen grausligen Tritt, vielleicht auch zwei, bis dieser knurrend den Arm des Krampus freigab.

Dieser Nikolausabend war der schönste in meinem Leben.

Sehnsucht

Zeit meines Lebens stand mir der Sinn nach Bratwürsten. Eine tiefe Sehnsucht ließ mich ständig dem Duft von Schweinswürstln, Kalbsbratwürsten, Nürnberger und Fränkischen Bratwürsten hinterherwandern. Aber auch bei dem Gedanken an dampfende Pferdeknacker in der frischen Semmel mit scharfem Senf lief mir das Wasser im Munde so zusammen, dass ich am unermesslichen Speichel fast dersoff.

Ich erinnere mich noch genau, wenn auf dem Marktplatz in Waidhaus, auf diesem gepflasterten Marktplatz gegenüber dem unvermeidlichen Kriegerdenkmal, die ersten Marktbuden aufgestellt wurden. Das war dann immer der Samstag und am Sonntag würde man alles kaufen können: Töpfe und Pfannen, Hosenträger und Knöpfe, Hosen und Unterhosen, bunte Hemden und Holzpantoffeln. Aber auch geschnitzte Holzschuhe für den Stall.

Und da durchwanderte ich am Samstag-Nachmittag in meiner kurzen Lederhosn und meinen Steckerlhaxn die halbfertigen Buden, die skelettartig und schräg auf dem Kopfsteinpflaster standen, und hielt Ausschau nach dem

Bratwurststandl und dem Standl der Pferdemetzgerei. Und ich war glücklich, wenn ich den Holzofengrill für die Bratwürste entdeckt hatte und den Dampfkessel für die Pferdeknacker. Und eine Nacht musste ich noch schlafen, dann am Sonntag ins Hochamt gehen, aber dann.

Dann würde dieser große Moment der Würste kommen und wenn es vorbei war, würde ich wieder ein ganzes Jahr lang auf diesen großen Moment der Würste warten müssen, denn Markt war nur einmal im Jahr.

Im Hochamt rutschte ich mir den Lederhosenboden dünn, verstand kein Wort von der Predigt, war mir aber sicher, dass der Herr Pfarrer heute extra lang reden würde, um mich unsäglich zu quälen und rannte beim letzten Segen wie der Teufel auch aus der Kirche zum Bratwurststandl. Da standen aber schon Männer mit dicken Bäuchen, die wirklich ohne Verlust an Leib und Leben auf eine Bratwurst hätten verzichten können und Frauen mit maßlosen Unterleibern, bei denen auch drei Bratwürste keinen Schaden mehr anrichten konnten.

Aber irgendwann war ich an der Reihe, bezahlte ein Fuchzgerl und biss in diese Oberpfälzer Bratwurst, dass der Senf grad so spritzte und ich war abgrundtief besoffen von dieser sinnlichen Lust aus scharfem Senf, rescher Semmel und goldbrauner Bratwurst. Mein Gott, war das ein Leben.

Und zu diesem Leben gehörte noch der Pferdeknacker, in heißem, nicht kochenden Wasser erwärmt; aufgeklappte Semmeln streckten ihre offenen Mäuler nach diesen Pferdeknackern, der Pferdemetzger bestrich sie sorgfältig mit Senf und reichte mir dann dieses Gesamtkunstwerk meiner heißhungrigen Begierde mit einem freundlichen: Do Bua, dassd wos wirst.

Vorbei! Ich sollte wieder ein Jahr warten müssen. Ein ganzes Jahr. Auf dem kilometerlangen Heimweg unter den Alleebäumen sinnierte ich.

Weihnachten kam heran und ich durfte mir etwas wünschen und ich wünschte mir Kalbsbratwürste und sonst nix. Vater und Mutter wunderten sich und hatten keine Ahnung vom Leben ohne Bratwürste. Karin, die Tochter des

Metzgermeisters wunderte sich auch, als ich zwanzig Paar Kalbsbratwürste verlangte und nicht zwanzig Stück. Aber sie verkaufte mir die Würste gern, weil ich sie liebte und sie liebte mich auch und wir wussten beide nicht, was das ist. Und weil sie mich liebte, legte sie noch fünf Paar umsonst dazu und ich nahm das Geschenk aus Liebe und errötend an.

Als ich daheim meinen prächtigen Einkauf stolz auf dem Küchentisch auspackte, sagte meine Mutter nur Um Gods Wuin und Vater schüttelte den Kopf und nahm die Pfeife nicht aus dem Mund, damit er nichts sagen musste.

Dieses Weihnachten durfte ich sieben Paar Kalbsbratwürste verdrücken und einen Schlitten habe ich auch noch bekommen.

Vater wollte nächstes Weihnachten keine Kalbsbratwürste essen. Mutter auch nicht. Meine kleine Schwester nuckelte an ihrer Milchflasche, zufrieden mit sich und der Welt, nehme ich an. Ich hoffte auf die schöne Metzgerstochter Karin.

Vielleicht würde sie mir ja nächstes Jahr
wieder fünf Paar Bratwürste schenken,
ganz einfach aus Liebe oder was das ist.

Immer zur Weihnachtszeit

Er hätte es das ganze Jahr über tun
können.

Da tat er es aber nicht.

Das ganze Jahr über war er Er.

Dieser nette Mensch von nebenan,
dieser hilfsbereite Nachbar
mit den freundlichen braunen Augen.

Der mir die Haustüre aufhielt,
als wär ich dreimal so alt wie er.

Dieser Mann,
der am Sonntagnachmittag
händchenhaltend mit seiner Frau
spazieren ging.

Wenn seine Frau kochte,
es gab am Sonntag immer
Schweinsbraten,
ging er mit den zwei Kindern in die
Kirche.

Die Kinder hießen Josef und Maria.

Jeden Morgen gingen sie Hand in Hand
mit ihren lockigen Haaren in den
Kindergarten.

Das ganze Jahr über war die Familie
so eine Familie wie eine Familie
halt so ist.

Sie arbeitete halbtags,
er ging früh aus dem Haus und kam
spät heim.

Von der Frau sind Seitensprünge nicht
bekannt.

Wer wen entjungfert hat, ist auch
unbekannt.

Sie kennen sich seit der Volksschule.

Wie die beiden leben,
würde ich nur manchmal leben wollen.

Ich war zwei, drei Mal auf ein Bier
bei den Nachbarn.

Da war zwei, drei Mal
die Küche aufgeräumt,
die Kinderzimmer auch.

So ein Wohnzimmer
mit so einem großen
Wohnzimmerschrank,
so schweren Sesseln
und ganz ohne Bücher,
ist nicht meine Welt.

Aber ich muss in dieser Welt ja nicht leben.
Sie ist eine hübsche große Frau.

Er ist eben dieser nette Mensch und ein
wenig kleiner.

Tropfende Wasserhähne repariert er
selber und das Bad kann er auch fließen,
sagte er mir nach meinem dritten
und seinem ersten Bier.

Die hübsche große Frau
saß dabei und nickte eifrig
bei Mineralwasser.

Wie gesagt, er hätte es das ganze Jahr
über tun können.

Aber das ganze Jahr über
war er halt er und sonst niemand.

Als ich das erste Mal hörte,
so durch die Wand der Mietwohnung
hindurch, dass er nicht nur er, sondern
auch noch jemand anders sein konnte,
bin ich erschrocken bis ins Mark.

Unsere Kinder waren damals schon
irgendwo in der Welt unterwegs.

Meine Frau wollte trotzdem
einen Christbaum.

Der Nachbar hatte auch
eine schöne Nordmanntanne
die Treppen hinaufgetragen.

Meine Frau zündete gerade die Kerzen
an, als ich ihn hörte.

Ich fragte mich,
ob das ein Mensch ist,
der da so brüllt.

Und dann hörte ich die
Schläge klatschen.
Dunkel waren die Schläge,
wenn er seine Frau traf.

Hell klatschten die Schläge
auf die Kinder.

Demütig leidend weinte die Frau.

Die Kinder schluchzten erbarmungswürdig.

Ich verfluchte die hellhörigen Wände.

Meine Frau sagte, bleib ruhig,
misch dich nicht ein.

Und dann war es plötzlich
in der Nachbarwohnung ruhig
und ich brauchte mich nicht mehr
einzumischen.

Ein ganzes Jahr lang
brauchte ich mich nicht einzumischen.

Ein ganzes Jahr lang war der nette
Nachbar jetzt ein netter Nachbar.

Und ein Jahr später klatschten
wieder Hände in Gesichter
und über die Gesichter flossen Tränen
und Münder weinten.

Meine Frau sagte wieder, bleib ruhig.

Und so bin ich ruhig,
besonders zur Weihnachtszeit,
seit Jahren.

Nicht meine Welt

Über den großen Teich sind sie herüber gekommen, diese gutmütig blickenden verschlagenen Typen mit den Rauschebärten. Rotgewandet sind sie, rotbackig sind sie, unerträglich sind sie. Zipfelmützig sind sie auch und schwer bestiefelt. Einen Gabensack schleppen sie auf ihren Rücken. Ich mag sie nicht.

Diese Weihnachtsmänner hocken in Bäumen, klettern an Hauswänden hoch, glotzen von Balkonen und sind überall dort, wo ich grad hinschau. Und wo immer ich hinschau, sie sind schon da.

Eine Seuche, schlimmer als die Pest, überschwemmt dieses Land mit Zipfelmützen und Rauschebärten.

Wenn die schweren Stiefel sie nur in die Hölle ziehen würden. Gegrillt gehören sie, gevierteilt, geteert und gefedert. Ausgelöscht müssen sie werden.

Und dann thronen sie auch noch über Christbaummärkten. Überlebensgroß, dickbäuchig, allgegenwärtig, widerwärtig. Mein Ausweg heißt Mord.

Am Nachbarhaus kraxelt jetzt auch einer nach oben. Rotbackig, rauschebärtig, schwerstiefelig, zipfelmützig, rotgewandet, bauchig, dick.

Ich schau diesen Weihnachtsmann an und durchbohr ihn mit meinem größten Hass. Und er grinst und grinst mir den letzten Fetzen Gutmütigkeit aus der Seele. Warum fängt sein Bart nicht Feuer? Die Nebelkrähen flüchten von den Bäumen. In den Augen der Amseln ist Entsetzen. Kinder haben keine Ahnung. Warum sind die Alten ahnungslos?

Ich kaufe mir ein Schrotgewehr.

Am nächsten Tag hängen zerfetzte Weihnachtsmänner in den Bäumen, auf Balkonen und an Hauswänden. Zipfelmützen und Rauschebärte liegen in Vorgärten zerstreut. Der Weihnachtsmann grinst nicht mehr.

Klasse Arbeit. Ich brauch nicht mehr schießen. Einer ist mir zuvorgekommen.

Ein Dialog

Sagd da Oa zum Andan:
Scho wieder Weihnachtn.
Sagd da Anda zu Oam:
Irgndwos is doch oiwei!

So a Weihnachtsgschicht

Das Telefon läutet und ich geh nicht hin.

Als das Handy läutet, geh ich hin.

Irgend ein wildfremder Mensch braucht eine Weihnachtsgschicht. Im Sommer, frag ich. Im Sommer, sagt der, für den Winter.

Ich schau zum Fenster hinaus. Ich seh am Soiener See die buntesten Sonnenschirme, mit Stoffresten bekleidete üppige Nacktheit und mitten im See einen Angler mit seinem Kahn, der mit dem breiten Strohhut die aufdringlichen Sonnenstrahlen bekämpft. Die Bad Bayersoiener Wolken hängen heute irgendwo in Italien am Himmel. Und der Typ wünscht sich von mir eine Weihnachtsgschicht!

Eine Zeit lang schau ich noch auf den See, die vielen Sonnenschirme, sinniere darüber nach, ob Nacktheit angezogen doch am schönsten ist, wünsche dem Angler einen dicken Fisch und schließe dann die Fenster, damit das nassgespritzte Kindergeschrei verstummt.

Ich lasse die Rollläden herunter, zünde eine dicke Kerze an, stell den CD-Player mit Weihnachtsliedern an, blättere in den alten Weihnachtsbüchern meiner Mutter, lümmle mich in den großen Ohrensessel, in dem mein Vater schon lümmelte, pfeiferauchend und mit sich selbst zufrieden.

Und wie ich so in gedankenloser Schlappheit vor mich hindöse, spazieren plötzlich vollgeschneite Sonnenschirme um den Soiener See, die Wintergäste wärmen sich armrudernd in dicken Mänteln mit schweren Hüten auf dem Kopf, schieben große Handschuhe über gespreizte Finger und recken ihre roten Frostnasen in taumelnde Schneeflocken. Und die zipfelmützigen

Kinder hocken in rotwangiger Gesundheit auf festgefrorenen Surfbrettern und Body-boards. Der Angler fröstelt im See in seinem vom Eis umzingelten Kahn, pulvrigen Schnee vom Strohhut klopfend. In die vor Kälte bitzelnden Ohren läuten sich helle Kirchenglocken.

Aufwachend und ungläubig den Kopf schüttelnd wundere ich mich darüber, was für einen Blödsinn einem so träumen kann, als das Handy trällert. Ich geh nicht hin. Da läutet das Telefon und ich geh hin. Und eine Stimme flötet: Do is as Christkind, i brauchat a scheene Weihnachtsgschicht. Kraftlos sinke ich in den großen Ohrensessel. Im Sommer, frag ich. Im Sommer, antwortet das Christkind.

Ich zieh die Rollläden nach oben. Es ist Sommer und Schneeflocken torkeln vom Himmel. Diese Gschicht glaubt mir kein Mensch.

Zoller Willies Weihnachtsgeschenk

Nach Feierabend hatte der Zoller Willie ölverschmierte Hände, Trauerränder unter den Fingernägeln und bockte trotzdem seinen silbrigen Simca 1000 auf die Hebebühne. Den wollte er seiner Frau Ulla an Weihnachten schenken. Ein silbriger Simca 1000, ein Traum aus breiten Felgen, Rennlenkrad und Schalensitzen! Willie stützte seine stahlharten Arme in die Hüften und lächelte. Lächelte das verschmitzte Lächeln eines großen Buben mit 32 Jahren. Willie war ein glücklicher Mann mit einer glücklichen Frau von 18 Jahren.

Vor einem Jahr hatte er seine ölverschmierten Hände geschrubbt, mit der Nagelfeile die Trauerränder unter den Fingernägeln herausgepopelt und war in die Disco gegangen. Die Rolling Stones dröhnten I can´t get no satisfaction und die Beatles behaupteten She loves you. Und die weißen Blusen der Mädchen wanden sich im bläulichen Discolicht und die jungen und die älteren Herren krümmten davor ihre Körper. Willie krümmte nicht. Willie hatte Krümmen nicht nötig. Willie stand mit seinem Whiskyglas und seiner Zigarette an der Bar und lächelte. Und viele weiße Blusen lächelten Willie an, so wie immer halt, wenn er im Della Musica an der Bar stand. Mit einer dieser weißen Blusen würde Willie heute wieder heim gehen in sein neu erbautes Haus auf dem kleinen Hügel vor der kleinen Stadt. Und Willie würde wie immer eines dieser Mädchen lieben mit der Routine seiner Jahre und das Mädchen würde entzückt sein. Nach dem Frühstück würde Willie das Mädchen noch einmal lieben und sie dann mit hinein nehmen in die Stadt. Servus, würde der Willie dann sagen, bis bald und dann seine Tankstelle aufsperren und auf die VW-Käfer, den Ford M 12 und den Opel Kapitän warten, die tanken mussten, ehe sie einen Sonntagsausflug machen konnten.

Und dann stand an einem Abend plötzlich und aus dem heitersten Himmel heraus eine schlanke weiße Bluse vor dem Willie mit den sauberen Fingernägeln, sagte Ulla und magst tanzen. Der Willie mochte nicht tanzen. Aber da blitzten weiße Zähne aus einem Bubikopfgesicht und da wollte Willie doch tanzen und krümmte seinen Körper im bläulichen Discolicht. Die Platte drehte sich und spielte irgendwann Hey Jude und Willie schlang seine stahlharten Arme um die schlanke weiße Bluse und sie schlang ihre weichen Arme um seinen Nacken und Willie wusste, was kommen würde und es kam.

An diesem Sonntag öffnete Willie seine Tankstelle nicht. Die Familienväter fluchten und die Kinder weinten, weil es keinen Sonntagsausflug gab. Und viele Mütter, die sich auch an das große Bett in dem neuen Haus auf dem kleinen Hügel erinnern konnten, wunderten sich still.

Willie und Ulla verließen das Bett tagelang nicht. Willie sperrte die Tankstelle erst wieder auf, als Ulla versprochen hatte, seine Frau zu werden. Und die ganze Stadt spottete über den Willie und sagte, dass das ja nie gut gehen würde, bei diesem Altersunterschied. Aber der Willie lächelte und wusste, dass es sehr gut ging.

Ulla tankte ein Jahr lang VW-Käfer, Ford M 12 und Opel Kapitäne voll, lächelte in ihrem gefährlich kurzen Minirock und die Autofahrer tankten wie die Verrückten und manchmal dreimal am Tag, damit sie dieses Lächeln aus den blitzenden weißen Zähnen streifte. Und Willie arbeitete jeden Feierabend ölverschmiert an seinem Weihnachtsgeschenk für Ulla und merkte davon nichts und war blinder als der Blindeste auf dieser Welt. Er merkte auch nicht, dass mehrmals am Tag ein weißer Mercedes einige Liter Diesel tankte. Er merkte nicht, dass in diesem weißen Mercedes ein grauhaariger Herr saß, der seit einigen Wochen mehrmals täglich einige Liter Diesel tankte. Und als Willie die letzte Schraube am Simca festdrehte, stieg Ulla in den weißen Mercedes.

Willies Körper krümmte sich unter Tränen. Irgendwo stöhnte Ullas Körper unter einem fremden Leib. Irgendwo streichelten Ullas Brüste grau behaarte Hände. Irgendwo küsste Ulla diesen unbekannten Mund. Willies Magen übergab sich. Ulla würde diesen fremden Körper an sich pressen und der würde sich in sie hineinpressen bis zum glücklichen Lächeln. Dann würden sie ermattet nebeneinander liegen und Ulla würde ihre schützende Hand dorthin legen, wo sie sie immer hinlegte, danach.

Willie trocknete seine Tränen nicht. Durch einen nebeligen Schleier sah er eine Autoschlange vor der Zapfsäule. Männer lachten und hupten nicht. Willie holte seinen größten Hammer. Ein silbriger Simca 1000, ein Traum aus breiten Felgen, Rennlenkrad und Schalensitzen, träumte von einer breiten Straße ans Meer. Dort, wo die Weite unendlich ist. Dort, wo die Wellen aus Tränen sind, aus nichts anderem als aus Tränen.

Nachwort

Weltmeisterschaft
Deutschland – Costa Rica

Der Atzinger in der Schellingstraße dampfte menschenvoll.

Ich durfte schenkeleng neben einem wildfremden Mädchen aus Hannover sitzen und sie hatte nichts dagegen.

Die Bedienungen
schwitzten achselhöhlennass.

Mein Freund Paul meinte, dass Deutschland verlieren würde.

Es war so eng, dass ich ihn nicht niederschlagen konnte.

Als der Schiedsrichter aus was weiß ich wo anpfiff, schrie ich Deutschland Deutschland
und wollte unbedingt schwarz rot gold auf die Wange gemalt haben.

Das schenkelenge Mädchen malte.

Der Lahm wurde berühmt, als er den Ball im Kreuzeck versenkte.

Ich schmatzte das unbekannte Mädchen aus Hannover auf die schwarz rot gold bemalte Wange und sie hatte nichts dagegen.

Mein Freund Paul meckerte weißbierig über unsere Wackelabwehr und ich drohte ihm mit Mord und Totschlag.

Beim Gegentor erstarrten meine Schinkennudeln zu Torpfosten.

Die Schellingstraße war menschenleer.

Ich leerte mein Weißbier als der Schiedsrichter aus was weiß ich wo abpfiff.

Wir hatten gewonnen.

Mein Freund Paul bestellte sich noch ein Weißbier, als ich mit dem Mädchen aus Hannover, sie war garantiert drei Minuten jünger als ich, an der Isar den über Harlaching aufgehenden neugierigen Mond bewunderte.

Sie meinte, dass es schon schön wäre, bei Freunden zu Gast zu sein.

Mein Freund Paul hatte Recht: Die Abwehr hatte gewackelt.

Meine war auch nicht mehr sattelfest.

Helmut Eckl

kam am 20. November 1947 selbständig in Wolfersdorf (ehemals Niederbayern) auf die Welt.

Der Vater liebte das Angeln.

Die Mutter liebte Liebesromane.

Beide liebten Helmut und seine Schwester Roswitha.

Aufgewachsen ist der Helmut Eckl langsam und vorsichtig in der Oberpfalz (Eslarn, Waidhaus, Weiden, Neumarkt).

Seine mittelmäßigen schulischen Leistungen reichten bis zur mittleren Reife.

Danach wurde er Diplom-Verwaltungswirt (FH) und blieb brotberuflich an der Ludwig-Maximilians-Universität München hängen.

Es ist verheiratet und hat zwei eheliche Kinder gezeugt.

Seine Hobbys sind Bücherschreiben und Radlfahren.

Sein Stammtisch hat sich 1976 am Chinesischen Turm gegründet und alle Stammtischbrüder leben noch.

Helmut Eckl ist ein glücklicher Münchner.

Mit der Rolltreppe am Marienplatz fährt er schwindelfrei.

Altersbedingte Ehrungen hat er noch keine erhalten.

Seit dem Jahre 2002 ist er Münchner Turmschreiber.

Bisher hat er acht Bücher geschrieben:

Gedichtbände
„I hob wos gschriebn“, „Schreib no oiwei“,
„Wenna amoi kummt“

Roman
„Bierblick“

Kinderbuch
„Da Bibe Atzinger“

Biographische Erzählung
„Reklamationen zwecklos, bin Niederbayer“,
lieferbar Knürr Verlag, München

Satirebände
„Mich regt nix auf“,
„`Begegnungen´ in der Mitte der endgültigen Jahre“

und eine CD veröffentlicht:
„Früher war die Zukunft länger“

Von Helmut Eckl stammen ferner Beiträge für Zeitungen und Zeitschriften, den Kinderfunk, das Fernsehen und für Anthologien.

Kontakt
Künstlerkontakt München
Hanni Schmidt
Zennerstr. 20, 81739 München
Tel. +49 (0)89 – 723 1109
Fax. +49(0)89 – 742 98 407
info@kuenstlerkontakt.de
www.kuenstlerkontakt.de

Lieferbare Bücher und CD von
Helmut Eckl

„`Begegnungen´
in der Mitte der endgültigen Jahre“
Satiren

€ 11,00

„Da Bibe Atzinger“
Vorlesebuach füa kloane Kinder und
Lesebuach füa große Kinder

€ 11,00

„Bierblick“
Roman

€ 9,00

CD
„Früher war die Zukunft länger“
Satiren
€ 13,00

Bestellungen über:
Künstler Kontakt München,
Zennerstr. 20, 81379 München